KB013309

못생긴
것들에
대한
옹호

옮긴이 **안현주**

이화여자대학교에서 국문학과 영문학을 전공했다. 졸업 후 기업에서 마케팅 관련 일을 하다가, 현재 전문 번역가로 활동하고 있다. 번역작으로는 레이먼드 챈들러의 『나는 어떻게 글을 쓰게 되었나』, 『당신 인생의 십 퍼센트』가 있다.

Korean translation copyright © 2015 by Booksphere Publishing House

이 도서의 국립중앙도서관 출판예정도서목록(CIP)은 서지정보유통지원시스템 홈페이지(http://seoji.nl.go.kr)와 국가자료공동목록시스템(http://www.nl.go.kr/kolisnet)에서 이용하실 수 있습니다. (CIP제어번호 : CIP2015008405)

못생긴 것들에 대한 옹호

박람강기
프로젝트
005

G. K. 체스터튼 지음
안현주 엮고 옮김

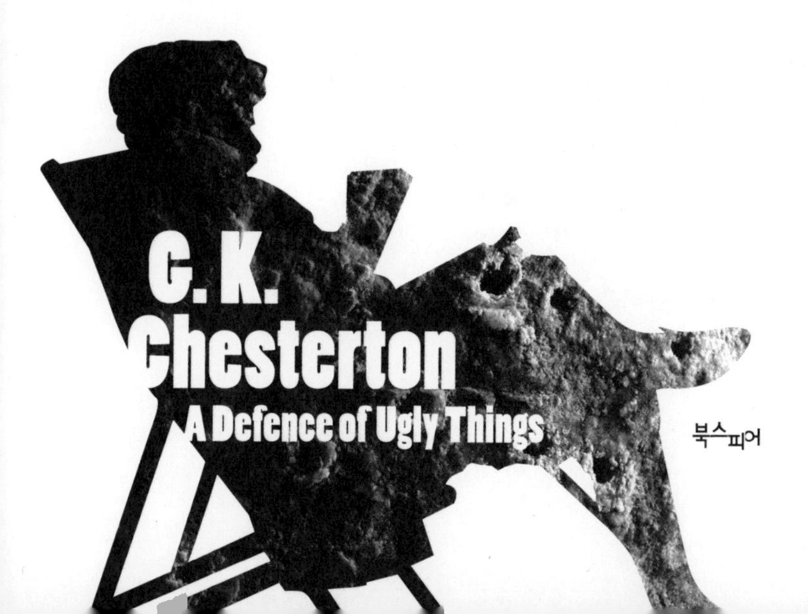

북스피어

차례

* 본문의 모든 주는 옮긴이 주입니다.

서문

덧없는 것을 위한 논거[1]

The Case for the Ephemeral —『All Things Considered』(1908)

나는 문학을 진지하게 받아들이는 사람들을 이해할 수 없다. 다만 그들을 사랑할 수는 있으며 사랑하기도 한다. 내가 사랑하는 마음으로 그들에게 경고하건대 이 책을 멀리하라. 이 책은 최근의 화제나 상당히 덧없는 주제들을 다룬 조잡하고 짜임새 없는 글들을 모은 것이다. 그리고 거의 이대로 출판될 게 분명하다. 대체로 이 글들은 막판에 쓰였다. 너무 늦기 전에는 넘겼지만 너무 늦은 뒤에 넘겼다 해도 우리 연영방이 뿌리까지 흔들리지는 않았을 것이다. 이 글들은 이제 그 모든 결점을 짊어진 채

1 이 에세이는 1908년 출간된 에세이집『모든 것에 대한 단상(All Things Considered)』의 서문이다. 이 책에 수록된 에세이들은『모든 것에 대한 단상』외 수많은 체스터튼의 에세이 중에서 선별하여 수록한 것이므로, 서문에 언급된 내용과 책에 수록된 내용에는 다소 차이가 있음을 미리 밝혀 둔다.

로 출간되어야 한다. 아니, 글이 아니라 내가 짧아져야 하리라. 이 글에 담긴 악은 너무나 생생해서 파란 연필[2]이나 혹은 내가 떠올릴 수 있는 어떤 것으로도 더 낫게 고칠 수가 없기 때문이다. 다이너마이트만 빼고.

이 책의 해악은 대부분의 글이 매우 진지하다는 것이다. 글을 경박하게 만들 만한 시간이 나에게 없었기 때문이다. 근엄해지기는 너무도 쉽다. 실없어지기는 너무도 어렵다. 정직한 독자로 하여금 잠시 눈을 감고 자기 영혼의 비밀 법정에 다가가 자문해 보게 하라. 내리 두 시간 동안, 기나긴 주요 기사들로 가득한 《런던 타임스》의 1면을 쓰라는 요청을 받는 편이 나은지, 아니면 짧은 재담들로 가득한 《티비츠》[3]의 1면을 쓰라는 요구를 받는 편이 나은지 말이다. 만일 그 독자가 내 생각대로 충분히 양심적인 친구라면 《티비츠》에 실을 우스갯소리 하나보다는 《타임스》 기사 열 개를 쓰겠다고 즉시 대답할 것이다. 책임을 지는 일은, 말에 대해 막중하고도 신중한 책임을 지는 일은 세상에서 가장 하기 쉬운 일이다. 누구나 할 수 있다. 그래서 그리도 많은

2 편집자들이 원고 교정시에 사용하는 연필로, 인쇄 과정에서 색이 드러나지 않기 때문에 이용된다.

3 1881년에 첫 발간된 영국 잡지로 흥미 위주의 기사를 다루었다.

지치고 나이 든 부자들이 정치에 뛰어드는 것이다. 그들은 책임을 질 수 있다. 무책임해질 마음의 힘이 남아 있지 않으니까. 반댄스[4]를 추기보단 가만히 앉아 있는 것이 더 품위 있는 법. 게다가 더 쉽기까지 하다. 그리하여 이 쉬운 글들에서 나는 전반적으로 《타임스》 수준을 유지하고 있다. 아주 가끔씩만 《티비츠》 수준으로 뛰어오를 뿐이다.

이 옹호의 여지가 없는 책에 대한 옹호를 계속해 보겠다. 여기 실린 글들에는 총총히 쓴 탓에 생겨난 단점이 또 하나 있다. 글이 너무 장황하고 복잡하다. 서두를 때의 커다란 단점들 중 하나는 아주 오랜 시간이 걸린다는 점이다. 다음 주의 오늘과 같은 요일에 하이게이트로 출발해야 한다면 나는 아마 가장 짧은 길로 갈 것이다. 지금 당장 출발해야 한다면 아마 틀림없이 가장 먼 길로 갈 것이다. (다시 읽고 있자니) 이 에세이들에서 보다 빨리 핵심에 이르지 못한 것이 정말이지 짜증스럽다. 하지만 빨리 도달할 만큼 여유가 충분치 않았던 것이다. 미칠 듯 화가 나는 사례도 여럿 있다. 경구 하나로 핵심이 표현될 수 있는 어떤 견해를 설명하고자 두세 쪽이나 써 버린 글들이 그렇다. 경구를 쓸 여유가 없었기 때문이다. 나는 여기에 표출한 의견을 단 한 점도

4 미국 서부에서 시작된 사교춤. 헛간에서 추었던 춤에서 유래했다.

후회하지 않는다. 하지만 훨씬 더 간결하고 정확하게 표현할 수는 있었지 싶다. 이를테면 이 글들에는, 자신들은 단지 현대적일 뿐이라는 어떤 작가들의 자랑에 대한 일종의 항의가 거듭 나타나 있다. 이런 작가들은 우주에 대한 자신들의 철학이 최신 철학, 혹은 새로운 철학이라고, 혹은 진보적이며 혁신적인 철학이라고 떠벌린다. 나는 일반적인 모더니즘을 상당히 비난해 왔다. '모더니즘'이라는 말을 쓸 때 딱히 근래에 로마 가톨릭 교회에서 벌어진 논쟁을 언급하고 있는 것은 아니다.[5] 어느 지적인 집단이 그토록 나약하고 비철학적인 명명을 받아들일 수 있다는 것에 분명 놀라움을 느끼기는 하지만. 나는 어느 사상가가 스스로를 모더니스트라고 태연하게 칭할 수 있다는 점이 이해되지 않는다. 차라리 자신을 써스데이트[6]라고 부르는 편이 낫지 않을까. 하지만 이 특정한 근심거리와는 별개로, 나는 종교를 논하면서 자신들의 선진성과 근대성을 내세우는 자들에 대한 세간의 보편적인 짜증을 인식하고 있다. 그러면서도 모더니즘의 진짜 문제인, 아주 명백하고도 분명한 점은 전혀 언급하질 못했던 것이다. 모더니즘을 정말로 반대하는 이유는 모더니즘이 속물근

5 가톨릭에서의 모더니즘은 신앙의 근대화를 뜻한다.

6 목요일주의자. 목요일(Thursday)을 이용한 말장난. 목요일은 천둥의 신 토르(Thor)의 이름을 딴 요일이기도 하다.

성의 한 형태이기 때문이다. 모더니즘은 누군가가 특별히 현대적이라거나 특별히 '잘 안다'고 암시함으로써, 이성이 아니라 어떤 알 수 없는 우월감으로 합리적인 상대방을 박멸하려는 시도이다. 독일에서 최근에 출간된 책을 모두 가지고 있다는 사실을 과시하는 일은 그저 천박할 따름이다. 마치 파리에서 제작된 새 보닛[7]을 모두 가지고 있다는 사실을 과시하는 거나 마찬가지다. 철학적인 토론들 속에서 고색창연한 종교적 신념을 비웃는 것은 숙녀의 나이를 비웃는 것과 같다. 이는 서로 무관하기 때문에 야비하다. 순수한 모더니스트란 한낱 속물에 불과하다. 그는 유행에 한 달 뒤지는 것을 참지 못한다. 마찬가지로 나는 박애주의자들에 대해서도 진정한 이의를 표출하고자 노력했으나 성공하지 못했음을 깨달았다. 어떤 부유한 이상주의자들이 옹호하는 대의에 대한 명쾌한 이의를 찾아내지 못한 것이다. 이 대의들은 절대금주주의[8]를 가장 강력한 논거로 삼고 있다. 나는 절대금주주의를 청교도주의라든가 거만함, 혹은 귀족주의라고 부르며 모욕적

7 아기들이나 옛날에 여자들이 쓰던 모자로, 끈을 턱 밑에서 묶게 되어 있다.

8 19세기 초 영국에서 시작된 사회 운동으로, 의학적 목적 외에 알코올 섭취를 일절 금하자는 것이다. 절제 차원이 아니라 법적인 금지를 주장할 정도로 급진적이고 거대한 사회 운동으로 발전했으며 종교와 정치, 여성 참정권, 노동 계급과 아동 교육까지 연관되었다.

인 용어들을 수없이 사용해 왔다. 그럼에도 박애주의에 대해서는 명쾌한 이의를 발견하여 제기하지 못했다. 바로 박애주의는 종교적 박해라는 이의다. 종교적 박해는 엄지손가락을 조이는 고문 도구나 스미스필드[9]의 화형식에 있는 것이 아니다. 종교적 박해의 본질은 이런 것이다. 돈으로든 공적인 지위로든 국가의 실질적인 권력을 소유하게 된 사람이 동료시민들fellow-citizens[10]을 그들의 종교나 철학에 따라 다스리지 않고 자신의 종교나 철학에 따라 다스리는 것. 이를테면 국민 모두가 채식주의자인 나라 같은 것이 있다고 치자. 그러니까 소속된 모두가 채식주의 가치관에 따라 살고 싶어 하는 거대 집단이 있다면, 나는 프랑스 혁명 이전에 어떤 오만한 프랑스 후작이 단호히 입에 담은 말을 빌려 이렇게 말하겠다. "풀을 먹어라."[11] 올리가르히 대부분이 그렇듯 아마 프랑스의 이 올리가르히[12]는 인도주의자였을 것

9 런던 내 지역으로, 이곳 화형장에서 많은 사람이 이단자로 몰려 순교했다.

10 고대 아테네와 로마 공화정에서 사용되었던 말로 서로 평등한 시민 구성원이라는 의미를 담고 있다.

11 정치가였던 조셉 풀롱 드 두에(1715~1789)를 말한다. 기근이었을 때 "빵이 없으면 풀을 먹어라"라고 말했다는 의혹이 당시 프랑스에 널리 퍼져 있었다. 그는 프랑스 혁명 때 붙잡혀서 처형당했다.

이다. 그래서 농부들에게 풀을 먹으라고 했을 때 아마 그는 채식 레스토랑의 건강에 좋은 소박함을 권하고 있었으리라. 이는 몹시 흥미진진하지만 아무 상관이 없는 추측이긴 하다. 아무튼 요지는, 진정으로 채식주의 국가라면 그 정부는 채식주의라는 끔찍한 의무를 스스로 수행하고 있어야 한다는 것이다. 정부는 국빈國賓에게도 채식 만찬을 대접하라. 정부는 국빈에게, 말 그대로이자 끔찍한 의미 그대로, 콩을 내놓으라. 이런 식의 독재는 아주 좋다. 국민이 이 독재의 주체이기 때문이다. 하지만 '금주주의 개혁가들'은 다수에게 완전히 낯선 윤리적 가정을 기반으로 조용히, 체계적으로 활동하는 소규모 채식주의자들과 같다. 그들은 어느 때건 채소 장수들에게 귀족의 지위를 부여할 것이다. 의회 위원회가 항상 정육점 주인들의 사생활을 조사하게 할 것이다. 극빈자이든 죄수이든 미치광이이든, 자신들이 휘두를 수 있는 누군가를 발견할 때마다 그자를 채식주의자로 만듦으로써 그 자신의 잔혹한 고독 상태에 스스로 마무리를 가하게 할 것이다. 학생들에게 제공되는 급식은 전부 채식주의자의 식단일 것이다. 모든 국영 선술집은 채식주의 선술집일 것이다. 절대금주주의와 비교해서 채식주의에는 아주 강력한 논거가 있다. 맥

12 과두 정치의 권력자를 일컫는 그리스어 올리가키를 러시아어로 적은 말. 집권층, 혹은 오늘날 신흥 재벌을 의미한다.

주를 한 잔 마신 상태는 어떤 철학적 기준으로 보아도 취한 상태일 수 없다. 하지만 동물을 한 마리 죽이는 것은 채식주의 철학에 따르자면 살해일 수 있다. 이 두 행위에 반대하는 이유는 두 가지 신념, 절대금주주의와 채식주의가 용인되지 못하는 것이라서가 아니라, 그저 명백하게 인정받고 있지 못하기 때문이다. 민주주의라는 현재의 종교에 기반을 두고 있지 않기에 이는 종교적 박해이다. 그들은 가난한 사람에게, 이론상 가난한 사람이 받아들일 수 없음을 뻔히 잘 아는 것을 실제로 받아들이라고 요구한다. 이게 바로 종교적 박해의 정의이다. 나는 평범한 영국인들에게 그들이 믿지 않는 가톨릭 교리를 강요하려는 토리당[13]의 시도에 반대한다. 영국인들이 실질적으로 거부하는 이슬람교의 윤리관을 강요하려는 시도에는 더욱 반대한다.

그리고 익명의 저널리즘에 대해서는 내가 요점을 아주 선명하게 드러내지 않은 채 많은 말을 한 것 같다. 익명의 저널리즘은 위험하며, 너무나 급속도로 익명의 삶이 되어 버린다는 점에서 우리의 실제 삶에 유독하기도 하다. 익명의 저널리즘은 현재 사회 환경의 끔찍한 요소이다. 사회는 은밀한 사회가 되어 가고 있다. 현대의 독재자가 악한 이유는 그 모호함 때문이다. 그는 자신의 노예보다 더 이름이 없다. 과거의 독재자보다 더 폭군은 아

13 영국의 보수당.

니지만 더 겁쟁이이긴 하다. 부유한 출판업자는 그 옛날에 장인이 견습공을 다뤘던 것과 다를 바 없이 가난한 시인을 다룰지도 모른다. 다만, 그때는 견습공이 달아났고 장인이 그를 쫓았다. 요즘은 시인 쪽이 책임의 소재를 확실히 하기 위해 헛되이 노력한다. 달아나는 쪽은 출판업자다. 솔로몬 씨의 직원은 해고당한다. 술탄 술레이만[14]의 아름다운 그리스 노예도 해고당한다. 혹은 자루에 담긴다.[15] 하지만 그녀는 보스포루스 해협의 검은 물결 아래 가려져 있다 해도, 최소한 그녀를 파괴한 자는 가려져 있지 않다. 그는 황금 나팔을 부는 이들을 앞세우고 하얀 코끼리를 타고 간다. 하지만 직원의 경우에는, 누가 해고를 하는지 알기가 그 직원이 어떻게 될지 아는 것만큼이나 어렵다. 그 누구는 솔로몬 씨일 수도, 솔로몬 씨의 매니저일 수도 있고, 첼트넘에 사는 솔로몬 씨의 부유한 숙모나, 솔로몬 씨의 베를린에 사는 부유한 채권자일 수도 있다. 한때 사람들로 하여금 책임을 지게 하는 데 사용되었던 정교한 수단이 이제는 오직 책임을 전가

14 '솔로몬(Solomon)'을 아랍어로 표기하면 '술레이만(Sulaiman)'으로 체스터튼은 원문에서 'Suliman'이라 표기했다.

15 원문은 'or the sack get her'으로, 앞의 '해고하다(get the sack)'를 이용한 언어유희이다. 오스만 투르크 시절에 죄를 범한 하렘의 여자나 상류층 죄인을 자루에 담아 보스포루스 해협에 빠뜨렸다고 전해진다. 미치광이 술탄 이브라힘은 죄 없는 하렘의 여자들을 모두 보스포루스 해협에 던지기도 했다.

하기 위해서만 사용된다. 사람들은 독재자의 오만함에 대해 논한다. 하지만 이 시대의 우리는 독재자의 오만함 때문에 고통을 받고 있는 것이 아니다. 우리는 독재자들의 수줍음 때문에, 독재자들의 움츠러드는 겸손함 때문에 고통스러운 것이다. 그러므로 우리는 신문이나 잡지의 논설위원들이 부끄러움을 타도록 장려해서는 안 된다. 이미 과대해진 그들의 겸손함을 악화시켜서는 안 된다. 오히려 허영심에 차고 과시적이 되도록 부추겨야 한다. 그 과시를 통해서 이들은 마침내 정직해질지도 모른다.

이 책에 대한 마지막 비판은 가장 심각한 것이다. 간단히 말해서 이렇다. 모든 일이 잘 풀린다면 이 책은 이해할 수 없는 횡설수설이 될 거라는 점이다. 왜냐하면 이 책은 주로 본질상 우발적이며 지속적이지 못한 견해들에 대한 공격을 담고 있기 때문이다. 이 책처럼 이력이 짧은 책이라면, 그것이 공격하는 사상들 대부분보다 고작 이십 분 정도 더 존속할 것이다. 결국 우리가 잘 썼는지 못 썼는지는, 도리깨로 싸웠는지 갈대로 싸웠는지는, 중요치 않으리라. 정말로 중요한 것은 우리가 어느 편에서 싸웠는지가 될 것이다.

1장 독설 혹은 지혜

성공과 성공한 사람들에 대한 책의 오류

The Fallacy of Success —『All Things Considered』(1908)

특정 부류의 책과 글이 우리 시대에 출현했으니, 진심으로 진지하게 생각하건대 이제껏 인류에게 퍼진 글들 중 가장 어리석은 내용을 담고 있다고 할 수 있겠다. 이 글들은 가장 황당무계한 기사들의 모험담보다 더 황당무계하며 가장 지루한 종교 책자보다 훨씬 더 지루하다. 게다가 기사들의 모험담은 적어도 기사도에 대한 글이다. 종교 책자는 종교에 대한 글이다. 하지만 그 글들은 아무것도 아닌 것에 대해 논한다. 소위 성공이라 불리는 것 말이다. 당신도 모든 가판대와 잡지에서 사람들에게 성공하는 법을 알려 주는 책들을 발견할 수 있을 것이다. 그 책들은 온갖 부문에서 성공하는 법을 알려 준다. 그런데 책을 쓰는 일조차 성공적으로 해내지 못하는 자들이 이러한 책들을 쓴다. 당연하지만 우선, 성공이라는 것 따위는 존재하지 않는다. 혹은 이런 표현을 선호한다면, 성공적이지 않은 것은 아무것도 없다. 무엇이 성공적이라는 말은 단순히 무엇이 무엇일 뿐이라는 뜻에 지나지 않는다. 백만장자는 백만장자이기에 성공했고, 당나귀는 당나귀이기에 성공했다. 모든 살아 있는 인간은 살아 있기에 성공했다. 죽은 사람들 중 누군가는 어쩌면 자살에 성공했는지도 모른다. 하지만 우리도 이 문장의 형편없는 논리와 형편없는 철학을 무시하면서, 이 작가들처럼 돈이나 세속적인 위치를 차지하는 것이 성공이라는 평범한 관점을 받아들일 수 있을지도 모른다. 이런 작가들은 보통 사람이 어떻게 거래나 투기에서 성공할 수 있을지 알려 주는 척한다. 건축업자라면 어떻게 건축업자로서 성공할 수 있을지. 주식 중개인이라면 어떻게 주식 중개인으로서 성공할 수 있을지. 그리고 식료품 가게 주인이라면 어떻게 스포츠를 즐기는 요트 조종사가 될 수 있을지 보여 주는 척한다. 최하급 저널리스트라면 어떻게 귀족이 될 수 있을지. 독일계 유태인이라면 어떻게 앵글로색슨인이 될 수 있을지. 이것은 단호하고도 사무적인 제안이며, 나는 이런 책을 사는 사람들(누가 산다면 말이다)에겐 환불을 요구할, 법적이진 않더라도 도덕적인 권리가 있다고 진심으로 생각한다. 전기電氣에 대해 말 그대로 단 한 마디도 논하지 않는 전기 서적을 감히 출판하려는 이는 없을 것이다. 저자가 식물의 양 끝 중 어느 쪽이 땅에서 자라는지 모른다는 점이 드러나 있는 식물학 논문을 감히 출판하려는 이는 없을 것이다. 그럼에도 우리 현대 사회에는 말 그대로 어떤 아이디어도, 언어적 의미도 거의 담겨 있지 않은, 성공과 성공한 사람들에 대한 책이 넘쳐난다.

제대로 된 직업(벽돌 쌓기나 책을 쓰는 일과 같은)에서 (어떤 특정한 의미로든) 성공하는 방법은 두 가지뿐이라는 사실은 더할 나위 없이 분명하다. 하나는 아주 훌륭하게 일을 해내는 것이고, 다른 하나는 속임수를 쓰는 것이다. 두 가지 다 너무 단순해서 글로 설명할 필요도 없다. 높이뛰기를 해야 할 상황이라면, 다른 누구보다 더 높이 뛰거나 아니면 어떻게든 자신이 더 높이 뛴 척을 하라. 휘스트 게임[1]에서 성공하고 싶다면 훌륭한 플레이어가 되거나 표시해 놓은 카드로 속여라. 당신은 점프에 대한 책이 필요할지도 모른다. 휘스트에 대한 책이 필요할지도 모른다. 휘스트 게임에서 속이는 법에 대한 책이 필요할지도 모른다. 하지만 성공에 대한 책이 필요할 리는 없다. 특히나 요즘 보듯이 서점가에 수백 권씩 뿌려져 있는, 성공에 대한 책들이 필요할 리는 없다. 뛰거나 카드 게임을 하고 싶어 할 수는 있지만, 점프는 점프를 하는 것이라거나 게임은 승자가 이기는 것이라는 취지의 종잡을 수 없는 서술들을 읽고 싶어 하지는 않으리라. 예를 들어 이 작가들이 성공적인 점프에 대해 얘기한다면 아마도 이런 식

1 카드 게임의 일종.

일 것이다. "뛰는 사람은 자기 앞에 분명한 목표를 두어야 한다. 같은 시합에 참여한 다른 이들보다 더 높이 뛰겠다고 간절히 바라야만 한다. 연약한 동정심(역겨운 소영국주의자[2]들과 보어인 지지자[3]들로부터 슬며시 전파되었다) 탓에 최선을 다하려는 노력이 저하되어서는 안 된다. 높이뛰기 시합은 명백히 경쟁적이라는 사실을, 그리고 다윈이 훌륭하게 증명했듯이 **'약한 것은 도태된다'**는 점을 기억해야 한다." 바로 이것이 그런 책이 할 법한 이야기이며, 막 높이뛰기를 하려는 젊은이에게 낮고 강한 목소리로 읽어 준다면 의심할 바 없이 상당히 유용할 것이다. 혹은 이 성공 철학자가 지적인 횡설수설을 늘어놓다가 우연히 카드게임 플레이에 대해 언급하게 되었다고 생각해 보라. 힘이 나게 해 주는 그의 조언은 이럴 것이다. "카드를 칠 때는 상대방을 게임에서 이기게 하는 실수(흔히 감상적인 박애주의자와 자유무역주의자 들이 저지른다)를 무조건 피해야만 한다. 당신은 배짱과 정력이 있어야 하며 이기기 위해서 싸워야 한다. 이상주의와 미신의 날들은 갔다. 우리는 과학과 견실한 상식의 시대에서 살고 있으며, 두 명이 하는 어떤 게임에서든 **'이 사람이 이기지 않으**

2 영국이 국제적인 문제에 관여하지 말아야 한다고 믿는 영국인.

3 보어전쟁 당시 자국인 영국이 아니라 상대편인 보어인들을 지지했던 이들을 일컫는 말.

면 저 사람이 이긴다'는 사실은 이제 틀림없이 증명되었다." 물론 참 고무적인 말이다. 하지만 고백하건대 나는 카드 게임을 한다면 차라리 게임 규칙을 설명해 주는 유용한 책자를 가지고 있겠다. 게임의 규칙을 넘어서면 모든 게 재능이나 속임수에 달려 있을 뿐이다. 그리고 나는 재능 혹은 속임수를 마련해 주겠다—속임수는 내가 말할 게 아니지만.

나는 대중 잡지를 넘기다가 기묘하고도 즐거운 사례를 발견했다. 「부자로 만드는 본능」이라는 글이 있었던 것이다. 그 글의 앞면은 로스차일드 경[4]의 어마어마한 초상화가 장식하고 있다. 안에는 사람을 부자로 만들어 준다는, 정직하거나 정직하지 않은 확실한 방법들이 많이 실려 있었다. 사람을 부자로 만들어 주는 본능 중에 내가 아는 유일한 본능은 기독교에서 성경에 따라 '탐욕의 죄'라고 노골적으로 묘사하는 본능이다. 다만 이는 현재의 논지에서 벗어나 있다. 나는 성공하는 법에 관한 전형적인 조언으로서 다음의 훌륭한 단락들을 인용하고자 한다. 이 인용문은 정말로 실용적이다. 우리가 다음에 어떠한 단계를 밟아야 하는지에 대해 의심의 여지를 남기지 않는다.

4 1744~1812. 유태계의 국제적 금융업자. 로스차일드 은행을 창설하여 현재 로스차일드 가의 기반을 닦았다. 가문 대대로 정, 제계 및 산업계를 아울러 강력한 영향을 끼치고 있다.

밴더빌트[5]라는 이름은 현대의 진취적 정신이 획득한, 부의 동의어이다. 밴더빌트 가문의 시조인 '코닐리어스'는 상업 분야의 첫 번째 위대한 미국인 거물이었다. 그는 가난한 농부의 아들로 시작했다. 그리고 재산이 이천만 달러가 넘는 대부호로 생을 마쳤다.

그에겐 돈을 버는 본능이 있었다. 그는 기회를 포착했다. 해양 교통에 증기선이 도입되면서, 그리고 부유했지만 미개발 상태였던 미국에 기관차가 도입되면서 주어진 기회들이었다. 그 결과 그는 막대한 부를 축적했다.

물론, 우리가 이 위대한 철도왕의 발자취를 정확하게 따라갈 수 없다는 것은 명백한 사실이다. 그에게 떨어졌던 바로 그 기회들이 우리를 찾아오지는 않는다. 환경이 변한 것이다. 하지만 그렇다 해도 아직 우리네 영역 안에서, 우리네 환경 안에서, 우리는 그의 일반적인 방법들을 따를 수가 있다. 우리에게 주어진 기회들을 포착할 수 있다. 그리고 부를 획득할 아주 좋은 기회를 우

5 1794~1877. 밴더빌트 코닐리어스는 가난한 집안에서 태어나 철도와 선박을 이용한 운송업으로 거대한 부를 이룩한 미국의 사업가이자 재계 거물로, 미국 역사상 매우 부유했던 인물 중 하나로 꼽힌다.

리 자신에게 부여할 수 있다.

이와 같은 이상한 발언들을 보면, 이러한 글과 책 들의 밑바닥에 정말로 자리하고 있는 것이 무엇인지 비교적 명확하게 드러난다. 단순한 비즈니스는 아니다. 단순한 냉소주의조차 아니다. 바로 신비주의다. 돈에 대한 소름끼치는 신비주의 신앙인 것이다. 이 글의 작가는 밴더빌트가 돈을 번 방법이나 혹은 다른 누군가가 돈을 버는 방법에 대해 사실 전혀 아는 바가 없었다. 물론 어떤 안을 지지하는 말로 발언을 끝맺긴 하지만 도무지 밴더빌트와는 아무런 관계가 없다. 작가는 다만 백만장자의 불가사의함 앞에 엎드리고 싶었을 뿐이다. 우리가 진정으로 무언가를 숭배할 때는 그 명료함뿐 아니라 모호함까지 사랑하기 때문이다. 우리는 바로 그 보이지 않음에 기뻐한다. 그렇기 때문에 예를 들어 남자가 여자를 사랑하게 되면 남자는 여자가 예측할 수 없다는 점에서 특별한 즐거움을 누리는 것이다. 또한 그런 이유로 저 더없이 경건한 어느 시인[6]은 자신의 창조자를 찬미하며 신은 신비로운 방식으로 임하신다고 말하는 데서 기쁨을 누리기도 했다. 자, 내가 인용한 저 단락을 쓴 작가는 신과 아무

6 「신은 신비로운 방식으로 임하신다(God Moves in a Mysterious Way)」는 시를 지은 영국 시인 윌리엄 쿠퍼(1731~1800)를 말한다.

런 관계가 없어 보이며, (그의 지극히 비실용적인 면으로 판단컨대) 한 여자를 진심으로 사랑한 적도 없었던 것 같다. 하지만 이 작가는 자신이 숭배하는 것—밴더빌트—을 정확히 이 신비주의적 방식으로 다룬다. 정말로 자신의 신 밴더빌트가 자기에게 비밀을 감추고 있다는 사실을 한껏 즐긴다. 그리고 자신도 모르는 무시무시한 비밀을 일반 대중에게 털어놓는 척해야 한다는 사실 때문에 그의 영혼은 한껏 교활해지고 성직자들과 같은 영향력을 미치는 듯한 데에서 커다란 황홀함을 느낀다.

사람을 부자로 만들어 주는 본능에 대해 말하면서 이 저자는 이렇게 언급한다.

> 고대에는 이런 본능의 존재가 완벽히 받아들여졌다. 그리스인은 그 본능을 미다스, '황금 손' 신화에 고이 담아 놓았다. 손대는 것마다 모두 황금으로 만들어 버리는 한 남자가 있었다. 그의 삶은 부로 둘러싸였다. 남자는 맞닥뜨리는 모든 것으로 저 귀한 금속을 만들어 냈다. '어리석은 전설이야.' 빅토리아 시대의 아는 척하는 이들은 말했다. '진실이야.' 오늘날의 우리는 이렇게 말한다. 모두가 그러한 사람들을 알고 있다. 만지는 모든 것을 황금으로 바꿔 버리는 사람들을 만나거나 이들에 대한 글을 읽고 있다. 성공은 이런 자들의 발걸음을 쫓아

다닌다. 그들의 삶의 경로는 한 치의 오차도 없이 위로 향한다. 실패할 리가 없는 것이다.

그러나 불행하게도, 미다스 역시 실패를 맛볼 수 있다. 실제로도 그랬다. 그의 길은 한 치의 오차도 없이 위로 향하지 않았다. 미다스는 손대는 비스킷이나 햄 샌드위치마다 금으로 변해 버려서 굶주렸던 것이다. 이것이 저 이야기의 요점이다. 로스차일드 경의 초상화를 코앞에 두고 글을 쓰는 작가로서는 그 사실을 미묘하게 숨겨야 하겠지만. 인류의 오랜 우화들은 기실, 헤아릴 수 없을 만치 지혜롭다. 하지만 밴더빌트 씨를 위해 그 이야기들에서 불온한 부분을 삭제해서는 안 된다. 미다스 왕을 성공의 본보기로 제시해서는 안 된다. 미다스 왕은 유별나게 고통을 당한 실패자였기 때문이다. 게다가 당나귀 귀도 가지고 있었다. (유명하고 부유한 사람들 대부분이 그렇듯이) 이 사실을 감추려고도 했다. (내가 제대로 기억한다면) 이 기이한 특징과 관련해 비밀을 지켜야 했던 사람은 그의 이발사였다. 그리고 이발사는 어떻게 해서든 꼭 성공하라는 학파의 진취적인 사람처럼 행동하여 미다스 왕을 협박하려는 대신에 그곳에서 물러나, 이 상류사회의 엄청난 추문을 갈대밭에 속삭여 갈대밭을 대단히 즐겁게 했다. 또한 갈대밭은 바람에 앞뒤로 흔들릴 때마다 이 소문을 속삭여댔다고 한다. 나는 로스차일드 경의 초상을 공손히 바라본다. 밴더빌트 씨의 위업을 공손히 읽는다. 나는 내가 만지는 모든 것을 금으로 바꿀 수 없음을 안다. 하지만 동시에 내가 잔디나 좋은 와인 같은 다른 물질들을 더 좋아하기에 결코 시도해 보지도 않았다는 사실을 안다. 나는 이런 사람들이 분명 어떤 일에서 성공했음을, 그들이 분명 누군가를 이겼음을 알고 있다. 다른 누구도 이전에 왕이지 않았으며 그들이 시장을 창조하고 대륙을 주름잡았다는 의미에서 그들이 왕임을 알고 있다. 그러나 내가 보기에 이들은 어떤 작은 집안 문제[7]를 감추고 있는 것 같다. 그리고 때로 바람에 실려 오는 갈대밭의 웃음과 속삭임을 들었다는 생각이 든다.

적어도, 우리가 살아서 성공에 대한 이 어처구니없는 책들이 적절한 조롱과 홀대로 뒤덮이는 것을 보게 되길 빌어 보자. 그 책들은 사람들이 성공하도록 가르치지 않는다. 사람들이 속물이 되게 가르친다. 속된 마음이라는 사악한 시詩를 퍼뜨린다. 탐욕과 오만이라는 더욱 비도덕적인 열정을 일으키는 책에 대해 우리는 뭐라고 할 것인가? 백 년 전에는 근면한 견습공[8]에 대한 이상이 있었다. 남자아이들은 검소하게 살면서 열심히 일하

7 로스차일드 집안은 거듭된 근친혼을 통해 집안의 재산과 기밀을 지키려고 했다. 이렇게 태어난 자식들 중 몇몇은 정신병에 시달리거나 기행을 일삼았고, 불행한 삶을 산 이들도 적지 않다고 한다.

면 모두 시장市長이 될 수 있다고 배웠다. 이는 거짓이었지만 고결했고, 일말의 도덕적인 진실도 품고 있었다. 오늘날의 사회에서 절제는 가난한 이가 부유해지는 데 도움이 되지 못할 것이다. 그러나 가난한 이가 자신을 존중하게 되는 데는 쓸모가 있을지도 모른다. 일을 잘해도 그는 부유한 사람이 되지 못할 것이다. 그러나 숙련된 일꾼이 될 수는 있다. 사실 저 근면한 견습공은 얼마 안 되는 협소한 미덕으로 출세했다. 그래도 미덕은 미덕이다. 하지만 현대의 근면한 견습공에게, 미덕이 아니라 공공연히 부도덕한 행위로 출세하는 견습공에게 전파된 복음에 대해, 우리는 뭐라 할 것인가?

8 1747년에 윌리엄 호가스가 '근면과 태만'이라는 주제로 열두 개의 연작 판화를 만들었는데, 이 판화들에는 '근면한 견습공'과 '태만한 견습공'의 삶의 모습이 대조되어 나타나 있다. 훗날 근면한 견습공은 런던 시장이 되는 반면, 태만한 견습공은 범죄자로 고발되어 사형당한다.

부의 숭배

The Worship of the Wealthy — 『All Things Considered』(1908)

우리 문학과 저널리즘에 부자와 권력자에게 아첨하는 새로운 방식이 슬금슬금 기어들고 있다. 보다 솔직했던 시대에는 아첨 자체도 더 솔직했다. 거짓말 자체도 더 진짜였다. 가난한 자는 부자를 기쁘게 하고 싶을 때 그저 그 부자가 가장 현명하고, 가장 용감하며, 가장 크고, 가장 강하고, 가장 자애롭고, 가장 아름다운 사람이라고 말하면 됐다. 심지어 그 부자가 자신이 그렇지 않음을 알고 있대도 거짓말이 미치는 해는 적었다. 신하들은 왕을 찬양할 때 전혀 사실일 법 하지도 않은 일들을 왕의 덕으로 돌렸다. 왕이 한낮의 태양을 닮아서 그가 방에 들어서면 자신들은 눈을 가려야 한다는 둥, 백성들은 왕이 없이는 숨을 쉴 수 없다는 둥, 왕이 칼 한 자루로 유럽을, 아시아를, 아프리카를, 아메리카를 정복했다는 둥 하면서 말이다. 이런 아첨의 안전장치는 그 인위성이었다. 왕 자신과 그의 대중적 이미지는 서로 아무런 관계가 없었던 것이다. 하지만 현대인들은 훨씬 교묘하며 더욱 치명적인 찬사를 고안해 냈다. 현대의 방식은 왕자 혹은 부자를 택해서 그 사람의 성격 유형을 믿음직스럽게 묘사하는 것이다. 그 사람은 일 처리를 잘한다거나, 스포츠맨이라거나, 예술을 애호한다거나, 유쾌하다거나, 겸손하다거나. 그런 다음 이런 선천적인 자질의 가치와 중요성을 어마어마하게 부풀린다. 카네기 씨[1]를 찬양하는 이들은 그가 솔로몬만큼 현명하며, 마르스[2]처럼 용맹하다고 말하지는 않는다. 나는 그들이 그랬으면 좋겠다. 카네기 씨를 찬양하는 진짜 이유는 순전히 그가 돈이 있기 때문이라고 한다면, 이는 그다음으로 가장 정직한 일이 될 것이다. 피어폰 모건 씨[3]에 대해 쓰는 저널리스트들은 그가 아폴론만큼 아름답다고 말하지는 않는다. 나는 그들이 그랬으면 좋겠다. 이

1 1835~1919. 카네기 철강을 일군 미국의 산업 자본가. 1901년 모건에 회사를 매각하여 현재 세계 최대 철강회사인 US 스틸이 설립되었다.

2 로마의 전쟁의 신. 그리스의 아레스 신과 동일시된다. 제우스와 헤라의 아들로 로마 신화에서는 로마 건설자 로물루스의 아버지라고도 한다. 3월의 라틴 이름 Martius는 그의 이름에서 유래됐다.

3 1837~1913. 투자회사인 J. P. 모건의 설립자. 많은 기업의 투자 합병을 주도하며 미국 금융 산업 시장에 지대한 영향을 미쳤다.

들은 이 부유한 남자의 표면적인 삶과 태도, 옷, 취미, 고양이에 대한 사랑, 의사에 대한 혐오, 기타 등등을 기록하기만 할 뿐이다. 그런 다음 이런 사실성의 도움을 받아 그 남자를 자기 동족의 예언자이며 구세주인 것처럼 말한다. 이 부자는 그저 어쩌다 고양이를 좋아하거나 의사를 싫어하게 된 바보 같은 일반인일 뿐인데도. 그 옛날 아첨꾼은 왕이 평범한 남자라는 점을 당연시하면서 그를 비범한 사람인 양 표현하고자 했다. 더 새롭고 영리한 아첨꾼은 당연히 그가 비범한 사람이며, 따라서 그의 평범한 점들도 흥미를 끌 것이라고 생각한다.

나는 이런 일이 행해지는 매우 재미있는 방식을 알아차렸다. 어느 능력 있고 저명한 저널리스트가 출간한 인터뷰 수록집에서 잉글랜드의 매우 부유한 여섯 사람에게 적용된 방식을 언급해 보겠다. 이 아첨꾼은 단순히 거의 모든 것을 부정적으로 다루어, 어떻게든 엄정한 사실들을 경외와 신비라는 거창한 분위기와 결합시킨다. 한번 피어폰 모건 씨에 대한 호의적인 글을 쓰고 있다고 가정해 보라. 아마도 그가 생각하는, 혹은 좋아하는, 혹은 동경하는 것에 대해서는 쓸 말이 별로 없을 것이다. 하지만 그가 생각하지 않거나 좋아하지 않거나 동경하지 않는 것에 대해 엄청나게 많은 설명을 함으로써 그의 취향과 철학이 어떠한지 암시할 수 있다. 당신은 그를 이렇게 일컫는다. "가장 최근의 독일 철학 유파에는 거의 관심이 없으며, '신 가톨릭주의'의

보다 제한된 기쁨에 냉담한 것만큼이나 선험적인 범신론의 경향에도 거의 단호하리만치 냉담하다." 또는 내가 막 우리 집에 도착한 가정부를 칭찬하라는 요청을 받았다고 가정해 보라. 확실히 이 가정부는 훨씬 더 칭찬받아 마땅한 사람이다. 나는 이렇게 말할 것이다. "힉스 부인을 루아지[4]의 추종자로 분류하는 것은 실수이리라. 부인의 위치는 여러모로 다르다. 하르나크[5]의 헤브라이즘도 온전히 받아들이지 않는다." 이것은 뛰어난 방식이다. 아첨꾼에게는 아첨하는 대상 이외의 것에 대해 말할 기회를 주며, 비록 다소 당황스럽긴 하지만 아첨의 대상에게는, 그 본인도 이전엔 깨닫지 못한 철학적 선택의 고뇌를 겪었다는 듯이 정신적 후광을 부여하기 때문이다. 그러니 이것은 뛰어난 방식이다. 하지만 나는 그 방식이 가끔은 백만장자들뿐 아니라 가정부에게도 적용되었으면 한다.

중요한 인물에게 아첨하는 또 다른 방식이 신문과 여타 매체의 필자들 사이에서 성행하고 있다. '단순한' 혹은 '조용한' 혹은 '겸손한'이라는 표현을 어떤 의미도 없이, 적용되는 사람과 관련

4 1857~1940. 프랑스의 가톨릭 신학자로 성서 연구에 근대의 역사적 방법을 적용할 것을 주장했다.

5 1851~1930. 독일의 루터파 종교인이자 교회 역사가. 초기 기독교의 교의에 의문을 품어야 한다고 주장했다.

이 없는 데도 갖다 붙이는 것이다. 단순함은 세상에서 가장 좋은 것이다. 겸손함은 그다음으로 좋은 것이다. 그런데 조용함은 어떤지 잘 모르겠다. 나는 정말 겸손한 사람들이야말로 오히려 엄청나게 떠들어댄다고 생각한다. 정말 단순한 사람들이 엄청나게 떠든다는 것도 상당히 자명한 사실이다. 하지만 적어도 단순함과 겸손함은 매우 드물고 고귀한 미덕으로, 가볍게 얘기할 만한 것이 아니다. 극소수의 인간만이 드물게 정말로 겸손해지는 단계로 성장한다. 따라서 이런 미덕들은 한날 아침으로 남발될 것들이 아니다. 많은 선지자와 공정한 사람 들이 눈으로 보고자 했으나 보지 못했다. 하지만 그런 미덕들이 아주 사치스러운 사람들의 출생, 삶, 죽음을 묘사하는 데는 끊임없이, 그리고 상당히 무분별하게 사용된다. 저널리스트는 강력한 정치가나 자본가(이들은 대체로 동일하기도 하다)가 방으로 들어서거나 도로를 걸어가는 모습을 묘사해야 할 때 늘 이렇게 말한다. '미다스 씨는 검은색 프록코트에 하얀 조끼, 연회색 바지를 입고 무늬 없는 초록색 타이를 맸으며, 단추 구멍에 수수한 꽃을 꽂은 차분한 차림새였다.' 마치 누군가가 그 사람이 진홍색 프록코트나 스팽글 달린 바지를 입기를 기대한 것처럼, 마치 그 사람이 단추 구멍에 타오르는 회전 폭죽[6]을 꽂고 있으리라 기대한 것처럼 말이다.

6 원반같이 생긴 폭죽으로, 불을 붙이면 빙글빙글 돌아간다.

하지만 이런 과정, 속세 사람들의 평범하고 외적인 삶에 적용될 때도 충분히 터무니없는 이런 과정이 정말로 견딜 수 없어지는 경우가 있다. 늘 그렇듯이, 정치가의 삶에서조차 심각한 어떤 에피소드에까지 적용될 때가 그렇다. 바로 그들의 죽음 말이다. 그 백만장자가 단순히 미친 걸로 보이지 않은 채 입을 수 있는 여느 의상들만큼이나 대체로 복잡한, 소박한 수의 묘사에 충분히 지겨워질 때면, 집이라 불리기엔 대체로 지나치게 뻔뻔스러운 백만장자의 검소한 집에 대해 듣다 보면, 이 모든 의미 없는 찬사를 통해 그 백만장자에 대해 따라가다 보면, 늘 마지막에는 그의 이 조용한 장례식에 감탄하라는 요구를 받게 된다. 사람들이 장례식을 조용한 것 외에 뭐라고 생각해야 하는지 모르겠다. 그러나 또 저 가엾은 부자들의 무덤에—틀림없이 처음이자 마지막으로 베이트[7]의 무덤과 휘틀리[8]의 무덤에 형언할 수 없는 연민을 느끼게 될 것이다—겸손함과 단순함에 대한 역겨운 헛소리들이 쏟아지고 있다. 나는 베이트가 매장되었을 때 장의용 마차에 모든 중요 인물들이 타고 있었으며, 헌화는 호화롭고 화려하며 매혹적인 것이었다는 신문 보도를 기억하고 있다. 하지

7 1853~1906. 아프리카에서 다이아몬드로 막대한 돈을 벌어들인 금융업자.

8 1831~1907. 휘틀리 백화점을 세운 인물.

만 그럼에도 그것은 단순하고 조용한 장례식이었다고. 아케론[9]의 이름으로, 도대체 저널리스트들은 그 장례식이 어떠리라 기대했단 말인가? 인간 제물이라도 바치리라 생각했나? 무덤 위에 동양의 노예들을 제물로 바치리라고? 길게 열을 지은 동양의 무희들이 애통함에 정신을 못 차리며 몸을 가누지 못할 거라고 생각했나? 파트로클로스의 장례식 전쟁[10]이라도 기대했나? 나는 저널리스트들에게 그런 장엄하고 이교도적인 의도는 없었을까 봐 걱정스럽다. 나는 그들이 '조용한'과 '겸손한'이라는 말을 그저 페이지—빠르게 자주 글을 써야만 하는 이들 사이에선 지나치게 흔한 것이 된, 반사적인 위선만이 담긴 글 쪼가리—나 채우려고 쓰고 있었을까 봐 걱정스럽다. '겸손한'이라는 말은 곧, 일본어의 공손한 표현에서 모든 말 앞에 붙는다고 하는 '영예로운'이란 말과 똑같이 될 것이다.[11] '영예로운 우산을 영예로운 우산꽂이에 꽂아 놓아요'나 '영예로운 장화를 겸허히 닦아 주는' 것처럼. 미래에는 겸손한 왕이 겸손한 왕관을 쓰고, 머리부터 발

9 그리스 신화 속의 저승과 이승 사이를 가로 짓는 강.

10 트로이 전쟁 중에 파트로클로스의 시신을 놓고 벌어진 전투.

11 일어의 오(お)와 고(ご)를 말한다. お와 ご는 앞에 붙어서 해당 말 자체를 미화하는 역할을 한다.

끝까지 겸손한 금을 두른 채, 겸손하게 검을 뽑아든 만 명의 겸손한 백작들을 거느리고 외출했다는 글을 읽게 될 것이다. 싫다! 화려함에 대가를 지불해야 하는 것이라면, 화려하다고 칭찬할 수 있게 해 달라. 단순하다고가 아니라. 다음에 거리에서 부자와 마주친다면 가까이 다가가 동양적인 과장법을 써서 그를 부를 작정이다. 아마 그는 도망치겠지.

크리스마스

Christmas —『All Things Considered』(1908)

내가 지금 이 글에서 하고 있듯이, 크리스마스가 다가오기도 전에 크리스마스를 기념하는 것보다 더 위험하고 혐오스러운 관습은 없다. 누군가에게 찬란하게, 갑작스럽게 그날이 나타나는 것, 한때는 굉장한 날이 아니다가 다음 순간 굉장한 날이 되는 것이 축제의 핵심이다. 어느 특정한 순간에 이르기까지 당신은 평범하고 우울한 기분에 잠겨 있다. 왜냐하면 고작 수요일이니까. 그다음엔 당신의 심장이 두근거리고 영혼과 육체가 연인들처럼 함께 춤춘다. 왜냐하면 갑자기 확 불타오르면서 목요일이 되었으니까. (물론) 나는 당신이 토르의 숭배자이며 일주일에 한 번, 아마도 인간 제물을 바치면서 그의 날을 기념한다고 추측중이다. 반면에 만일 기독교 신자인 현대 영국인이라면 (물론) 영국에 도래하는 일요일을 똑같이 폭발적인 흥겨움으로 환영하리

라. 하지만 내 말은, 당신에게 축제날 또는 상징적인 날이 언제이든, 그날과 그 이전 시간 사이에는 아주 뚜렷한 검은 선이 있어야만 한다는 것이다. 그리고 크리스마스와 관련된 오래되고 유익한 관습들의 취지는 크리스마스가 실제로 닥치기 전에는 누구도 무엇을 만지거나 보거나 알거나 말하지 못하게 하는 것이었다. 그렇기에 이를테면 아이들은 약속된 시간이 오기 전엔 절대로 선물을 받지 못했다. 선물은 갈색 종이로 단단히 싸인 꾸러미였는데, 그 바깥으로 인형 팔 한쪽이나 당나귀 다리 한쪽이 실수로 빠져나오기도 했다. 나는 이런 원칙이 현대의 크리스마스 기념행사와 출판물에도 적용되기를 바란다. 특히 소위 크리스마스 특집호가 나올 때 준수되어야만 한다. 잡지 편집자들은, 독자가 올해에는 어떤 칠면조를 먹게 될지 확고한 기대감을 진지하게 다지기보다 지난해의 칠면조를 여전히 한탄하고 있을 가능성이 높은 시기가 채 오기도 전에 크리스마스 특집호를 내보낸다. 크리스마스 특집호들은 갈색 종이에 싸여 크리스마스 날을 위해 따로 비치되어 있어야 한다. 생각해 보니 나는 편집자들이 갈색 종이에 싸여 있는 쪽을 지지해야겠다. 편집자의 다리나 팔이 튀어나와도 되는지의 여부는 개인의 선택으로 남긴다.

물론 크리스마스에 대한 이 모든 비밀주의는 그저 감상적이며 제의적일 따름이다. 감상적이며 제의적인 것을 싫어한다면 크리스마스를 기념하지 마라. 기념하지 않는다고 해서 처벌받지는 않을 테니까. 또한 시민의 자유와 종교의 자유를 선사했던 저 엄격한 청교도인의 지배를 더 이상 받지 않으므로,[1] 크리스마스를 기념한다고 해도 처벌을 받지 않을 것이다.[2] 다만, 사람들이 왜 의식적인 부분이 아니라 의식a ceremonial에 대해 신경 쓰는지 나는 이해할 수 없다. 어떤 것이 오로지 우아함을 위해 존재한다면, 우아하게 그것을 하든지 아니면 하지 마라. 어떤 것이 엄숙한 척하기 위해 존재한다면, 엄숙하게 그것을 하든지, 아니면 하지 마라. 어정쩡하게 한다면 아무 의미도 없을뿐더러, 심지어 거기엔 어떤 자유도 없다. 남자가 숙녀에게 모자를 들어 보이는 것은 관례적인 상징이 담긴 행동이기 때문에 이해할 수 있다. 아, 나는 그를 이해할 수가 있다. 사실, 그는 내가 너무나 잘 아는 사람이다. 또한 나는 옛 퀘이커 교도처럼 이 상징적 행위를

1 1642년에 발발한 청교도 혁명을 통해 공화정이 수립되었으며 영국은 국교회인 성공회 대신 청교도 교리의 지배를 받게 되었다. 그러나 공화정을 이끌던 크롬웰이 사망한 후 1660년에 다시 왕정복고가 이루어졌다. 이후 왕위에 오른 제임스 2세가 전제 정치를 강화하고 가톨릭을 내세웠고, 여기에 반발한 의회는 윌리엄 3세를 왕으로 추대했다. 이와 동시에 왕권의 약화를 의미하는 권리장전이 승인되었고, 이 정권 교체를 명예 혁명이라 부르게 되었다. 청교도 혁명과 명예 혁명은 합쳐서 시민 혁명이라고 불린다.

2 크리스마스는 사실상 예수의 탄신일이 아니라는 이유로 청교도인들은 크리스마스 폐지 운동을 벌인 적이 있다.

미신적 관습이라고 생각하기 때문에 숙녀에게 모자를 들어 보이기를 거부하는 남자도 이해할 수 있다. 하지만 존경을 표하는 방식이 아닌, 제멋대로인 존경 방식을 행하는 것에 어떤 의미가 있는가? 우리는 숙녀에게 모자를 벗어 보이는 신사를 존중한다. 우리는 숙녀에게 모자를 벗어 보이지 않을 광신도도 존중한다. 그런데 피곤하다는 이유로 주머니에 손을 넣은 채 숙녀에게 대신 자기 모자를 벗겨 달라고 요청하는 남자는 어떻게 생각해야 할까?

이것은 오만과 미신의 결합이다. 그리고 현대 사회는 이런 이상한 결합으로 가득 차 있다. 오랜 방식들을 약식으로 미약하게나마 지키려는 이런 일반적인 경향은, 현대의 심각한 우유부단함에서 나온 어떤 특성보다 더 두드러진다. 어째서 오로지 존중을 받기로 되어 있는 것을 무례하게 지키는가? 어째서 미신으로서 쉽게 폐지할 수 있는 것을 영원히 지루한 행위로서 조심스럽게 보존하는가? 이런 얼빠진 타협 사례는 수없이 많다. 이를테면, 일전에 어떤 정신 나간 미국인이 글래스턴베리 대수도원[3]을 사서 그 돌을 하나씩 미국으로 옮기려 했던 일은 사실이지 않나? 이와 같은 일들은 비논리적일 뿐 아니라 바보 같기까지 하다. 정력적인 미국인 금융가가 글래스턴베리 대수도원에 존경을 표해야 할 특별한 이유는 전혀 없다. 하지만 그가 글래스턴베리 대수도원에 존경을 표하기로 했다면 글래스턴베리 지역에도 존경을 표해야 한다. 이 일이 정취의 문제라면 어째서 풍경을 망쳐야 하는가? 정취의 문제가 아니라면, 도대체 왜 그 풍경을 보러 왔단 말인가? 이를 반달리즘[4]이라 일컫는 것은 매우 부적절하며 불공평한 서술이다. 반달족은 매우 지각 있는 민족이었다. 그들은 종교를 믿지 않았기에 종교를 모욕했다. 특정 건축물들에서 어떤 유용함도 보지 못했기에 그 건물들을 부수었다. 하지만 망쳐 버린 건물 파편들을 자신들의 행군의 짐으로 만드는 바보는 아니었다. 반달족은 적어도 현대 미국인의 논법보다 우월했다. 그 돌들을 존중했기 때문에 그것을 모독하지 않았다.

나는 이 같은 부조리함의 또 다른 사례를 요전 날 일종의 '가정 모임'[5]에서 목격했다. 검은 야회복, 검은 조끼, 검은 바지 차림이었는데 거기에 재거[6] 울 가슴받이[7]가 달려 있는 셔츠를 입

3 영국 서머싯의 글래스턴베리에 있는 대수도원 유적. 아리마대 요셉이 이곳으로 성배를 가지고 와 언덕에 심었더니 거기에서 나무가 자랐고, 그 후로 이 나무는 크리스마스 시기(또는 부활절)가 다가오면 꽃을 피웠다고 한다. 1191년에는 수도사들이 글래스턴베리에서 아서왕과 귀네비어 왕비의 유해를 발견했다고 주장했다. 이 유해는 대수도원으로 이장되었다고 한다. 헨리 8세의 수도원 해산령 이후 폐허가 되어 역사 속에 묻혔다가 1908년부터 제대로 된 발굴 작업이 시작되었다.

4 야만적인 공공재 파괴 행위를 일컫는 말로, 유럽 민족대이동이 일어난 5세기에 북아프리카의 반달족이 서쪽으로 이동하여 갈리아 땅에 침입하고, 후에 로마제국으로 건너갔을 때 약탈과 파괴 행위를 했다는 소문에서 비롯된 용어이다.

은, 인간으로 보이는 형체를 본 것이다. 대체 이런 차림새의 의미는 무엇일까? 형식보다 위생이 더 중요하다고 본다면[8](이기적이며 야만적인 관점이다. 썩어 없어지는 짐승들이 인간보다 더 위생적이며 인간은 짐승보다 더 형식을 따르고 있다는 이유만으로 그들의 우위에 있을 뿐이다), 그러니까 형식보다 위생이 더 중요하다고 생각하는데 뭣 때문에 굳이 가슴받이가 달린 셔츠를 입어야만 하는 것인가? 셔츠 가슴받이를 착용하는 유일한 이유, 아니면 장점으로 짐작 가능한 바는 다만 그것이 일종의 유니폼이라는 것이다. 그렇다면 유니폼다운 방식으로 입지 않는 사람은 보헤미안도 아니고 신사도 아니다. 내 생각에 이는 영국 근

5 집으로 초대하여 상대적으로 격식을 차리지 않고 치르는 모임.

6 1884년에 설립된 영국 패션 브랜드. 이 회사는 위생학자인 재거 박사의 이름을 딴 '재거 박사의 위생적인 울 시스템(Dr. Jaeger's Sanitary Woollen System)'이란 명칭으로 시작되었다. 버나드 쇼와 같은 당시의 지식인들은 천연 울을 피부에 닿게 입으면 건강에 좋다는 재거 박사의 이론을 적극적으로 받아들여 재거 회사의 제품을 이용했다고 한다.

7 주로 턱시도를 입을 때 입는 하얀 셔츠에 덧대는 빳빳한 가슴 부분.

8 19세기 말에서 20세기 초의 유럽은 거의 강박적으로 위생과 건강에 집착했다. 중산층과 위생학자들이 애쓴 결과 점차 사회로 위생 관념이 퍼져 나갔으며, 욕조가 널리 보급된 것은 물론, 후에는 의복을 비롯한 여러 물품들까지 위생과 건강을 고려하여 만들어지게 되었다.

위기병대의 장교가 피할 수만 있다면 유니폼을 결코 입지 않으리라는 점에서 어리석은 허식이다. 하지만 진홍색 코트에 재거 흉갑[9] 차림으로 마을에 출몰한다면 더욱 어리석으리라. 영국 국교회[10]의 의식에는 다소 의미 없는 타협을 짓는 의례 위원회들과 의례 보고서들을 두는 것이 오늘날의 관습이다. 그러니 어쩌면 모든 주교가 재거 사제복을 입고 재거 미트라[11]를 씀으로써 교회적 타협이 이루어질지도 모른다. 마찬가지로 왕은 재거 왕관을 쓰겠다고 주장할지도 모른다. 하지만 내 생각에 왕은 그러지 않을 것 같다. 이 문제의 논리를 그만큼은 이해하고 있으니까. 현대의 군주는 사리를 아는 친구처럼 가능한 한 왕관을 잘 쓰지 않는다. 하지만 어쨌든 그가 왕관을 쓴다면 그때 이 왕관의 유일한 효용은 그것이 왕관이라는 점뿐이다. 그러니 나는 울로 된 의상을 입은 이 신원미상의 신사에게 하얀 셔츠 가슴받이의 유일한 효용은 그것이 하얀 셔츠 가슴받이일 뿐이라고 단언하겠다. 뻣뻣함은 셔츠 가슴받이의 어쩔 수 없는 결점인지도 모른다. 하지만 그것이야말로 유일하게 장점이 될 수 있는 요소인 것이다.

9 가슴팍을 가리는 갑옷 혹은 그 부분.

10 로마 가톨릭에서 분리되어 나온 성공회를 가리킨다.

11 주교 의식 때 쓰는 모자.

그러므로 크리스마스에 대해서도 일관되게 굴자. 그리고 관습을 지키든지 지키지 말든지 하자. 만일 당신이 감상과 상징주의를 좋아하지 않는다면, 당신은 크리스마스를 좋아하지 않는 것이다. 가서 다른 것을 기념하라. 맥카베 씨[12] 생일을 추천하겠다. 틀림없이 당신은 위생적인 푸딩과 재거 양말에 들어 있는 지극히 교훈적인 선물들로 일종의 과학적인 크리스마스를 보낼 수 있을 것이다. 그러니 가서 그런 크리스마스를 보내라. 이런 것들을 좋아한대도 당신은 의심할 바 없이 좋은 사람이고 당신의 마음가짐은 훌륭하다. 나는 당신이 진정으로 인류에 관심을 가지고 있을 거라는 사실을 의심치 않는다. 하지만 인류도 당신에게 크게 관심이 있을 거라곤 생각되진 않는다. 인류는 본질적으로, 그리고 출발부터 비위생적이다. 자연의 법칙이 인류에게 아무 의미도 없다는 사실은 자연의 대단히 예외적인 면이다. 이제 크리스마스는 인도주의적 견지에서도 공격당하고 있다. 위다[13]

12 1867~1955. 한때 가톨릭 사제였으나 후에 성직을 떠나 무신론의 관점에서 많은 책을 썼다. 체스터튼은 1905년에 발간한 에세이집 『이단자들(Heretics)』의 「맥카베 씨와 성스러운 경망스러움에 대해(On Mr. McCabe and a Divine Frivolity)」에서, 그가 자신에게 진지한 주제의 글에는 유머를 넣지 말라고 했던 말을 밝히며 이에 대해 풍자적으로 반박했다.

13 1839~1908. 『플랜더스의 개』를 쓴 마리아 루이즈 라메의 필명.

는 크리스마스를 도살과 폭식의 향연이라 불렀다. 쇼 씨는 가금류 고기 판매상이 크리스마스를 고안했다고 한다. 더는 무시할 수 없는 상황이 되기 전에 이 의견들에 대해 숙고해 보아야 한다.

나는 크리스마스에 도살되는 동물이 크리스마스나 크리스마스 만찬이 없었다면 더 좋은 시간을 보냈을지 더 나쁜 시간을 보냈을지 모르겠다. 다만 내가 속해 있으며 모든 것을 빚지고 있는 호전적이고 고통받는 형제들, 즉 인류는 크리스마스나 크리스마스 만찬 같은 것이 없었으면 훨씬 더 안 좋은 시간을 보냈으리라는 점은 안다. 스크루지가 밥 크라칫[14]에게 보낸 칠면조가, 보다 덜 매력적인 다른 칠면조들보다 더 멋진 생애를 경험했는지, 더 우울한 생애를 경험했는지는 나로선 짐작조차 할 수 없는 주제다. 하지만 스크루지는 칠면조를 보내서 더 좋았고 크라칫은 그것을 받아서 더 행복했다는 점을, 나는 두 가지 사실로 인지하고 있다. 마치 내게 두 발이 있음을 아는 것처럼. 칠면조에게 어떤 삶과 죽음이 주어질 수 있는지는 내 관심사가 아니다. 하지만 스크루지의 영혼과 크라칫의 육체는 내 관심사이다. 그 무엇

14 찰스 디킨스의 『크리스마스 캐롤』의 등장인물로 구두쇠 영감 스크루지의 사무실에서 일한다. 유령과의 하룻밤으로 개과천선한 스크루지 영감이 크리스마스 날 아침에 밥 크라칫에게 커다란 칠면조를 선물로 보냈다.

도 나로 하여금 자연이 우리 눈에서 감춘 어떤 가설에 기초한 지식을 위해 인간의 가정을 우울하게 하고, 인간의 축제를 파괴하고, 인간의 재능과 인간의 선행을 모욕하도록 만들 수는 없을 것이다. 우리 남자와 여자는 모두 같은 배를 타고 폭풍우가 몰아치는 바다 위에 있다. 우리는 서로에게 참담하고 비극적인 신의를 빚지고 있다. 우리가 식량으로 상어들을 잡는다면 가장 자비롭게 죽이자. 혹시 원하는 사람이 있다면 상어들을 사랑하고 돌보고 그 목에 리본을 매고 설탕을 주고, 또 춤도 가르치라. 하지만 누군가가 상어가 선원보다 가치 있다고, 혹은 그 가엾은 상어에게 이따금 한 흑인의 다리를 물어뜯게 해 준다면, 나는 그 사람을 군법 회의에 회부하겠다. 그는 이 배의 반역자니까.

그리고 내가 반反 크리스마스의 이 박애주의적인 관점을 받아들이는 한, 내가 열렬한 반 생체 해부 옹호론자라 해도 납득이 갈 것이다. 다시 말해서, 생체 해부가 벌어진다면 나는 그것에 반대한다는 뜻이다. 나는 죽은 칠면조를 먹는 데 찬성하는 것과 같은 이유로 의식이 있는 개를 가르는 것에 반대한다. 이런 연결 고리는 모호할지도 모른다. 하지만 이는 현대적 사고가 기이하게 불건전한 상태이기 때문이다. 나는 잔혹한 반 크리스마스 금욕주의에 반대하듯 잔혹한 생체 해부에도 반대한다. 두 가지 다, 지적이고 비현실적이며 동떨어진 무언가를 위해 기존의 유대감을 교란하고, 정상적인 좋은 감정들에 충격을 주는 일을 수반하기 때문이다. 훈제 청어를 굶주린 듯 응시하는 불쌍한 여자를 보았을 때, 그 여자가 느낄 것이 뻔한 감정이 아니라 사망하신 청어의 상상할 수도 없는 감정을 떠올리는 것은 인간적인 행위도, 인도적인 행위도 아니다. 마찬가지로 어떤 개를 보았을 때, 그 개의 머리에 구멍을 뚫어도 된다고 허락을 받는다면 어떤 이론적 발견을 할 수 있을지 생각하는 것은 인간적이지도, 인도적이지도 않다. 청어의 내면에 감춰진 감정들에 대한 인도주의자들의 환상과 개의 내부에 감춰진 지식에 대한 생체 해부 옹호론자들의 환상은 둘 다 불건전한 환상들이다. 필연적으로 불확실할 수밖에 없는 무엇을 위해 확실한 인간의 온전한 정신을 뒤흔들기 때문이다. 생체 해부 옹호론자들은 유용할 수도 아닐 수도 있는 어떤 일을 하고자 명백히 끔찍한 어떤 일을 한다. 반 크리스마스 인도주의자들은, 그 어떤 인간도 칠면조와 나눌 수 없는 공감을 칠면조와 나누고자 수많은 가난한 이들의 행복에 대해 이미 자신이 품고 있던 공감을 잃어버린다.

오늘날 정신 나간 양극단이 실제로 서로 통하는 일은 드물지 않다. 그래서 나는 야만적인 제국주의와 톨스토이 식 무저항[15]은 서로 상반되는 것이 아니라 정확히 동일한 것이라고 생각하고 있다. 둘 다, 정복에는 저항할 수 없다는 똑같이 경멸스러운

15 러시아 소설가 톨스토이의 비폭력과 무저항 가치관을 기반으로 하는 사회 운동.

생각을 정복자와 피정복자의 관점에서 바라본 사상이다. 그러므로 금주주의와 최하등급짜리 진을 판매하는 일과 적당한 음주에도 정확하게 동일한 윤리적 사상이 존재한다. 모두 양조주는 술이 아니라 약물이라는 견해를 기반으로 하고 있다. 그런데 나는 전에 말했듯이 특히 채식주의자들의 극단적인 인간성은, 과학의 극단적인 잔혹함과 유사하다고 확신한다. 둘 다 수상쩍은 추론이 자신들의 평범한 인정에 해를 끼치도록 용인하고 있는 것이다. 내가 보기에 생체 해부 같은 문제들의 타당한 도덕 규칙은 항상 이런 식이다. 저 궤변적인 예외들은 설사 인정된다 하더라도 어디까지나 예외로서 받아들여져야 한다는 것보다 더 본질적이며 중대한 윤리는 필요하지 않다. 이러한 연유로 우리는 끔찍한 상황에서 끔찍한 짓을 저지를지도 모르지만 자신이 진짜로 그런 상황에 처해 있다고 아주 확신해야만 한다고 생각한다. 그렇기에 분별 있는 도덕가들은 사람이 이따금 거짓말을 한다는 점을 인정하는 것이다. 그러나 그들 중 누구도 정당한 거짓말을 해야 할지도 모를 경우를 위해 어린 소년에게 거짓말을 연습하라고 일러 주라는 데는 찬성하지 않을 테다. 또한 마찬가지로, 도덕은 강도나 도둑을 쏴 버리는 일을 종종 정당화한다. 하지만 도덕은 마을 주일학교에 들어가, 자라서 도둑이 될 것처럼 보이는 모든 아이를 쏴 버리는 일을 정당화하지는 않는다. 그런 필요성이 발생할 수 있을지도 모른다. 하지만 그렇다면 반드시 이미 발생했어야만 한다. 만약 당신이 이 선을 넘으면 벼랑 아래로 떨어지리라는 점이 내게는 상당히 분명해 보인다.

자, 동물을 고문하는 것은 비도덕적이든 아니든 간에 적어도 끔찍한 일이다. 이례적이자 극단적이기까지 한 행위이다. 나는 어떤 특수한 이유가 없으면 동물을 심하게 해치지 않을 것이다. 특수한 이유가 있을 때는 심하게 해칠 수도 있다. (예를 들어) 미친 코끼리가 나와 내 가족을 쫓고 있다면 코끼리가 고통 속에서 죽도록 그저 쏠 수밖에 없을 테고, 코끼리는 고통 속에서 죽어야 할 것이다. 하지만 우선 그런 코끼리가 있어야 한다. 웬 가상의 코끼리에 대고 그런 일을 하지는 않을 것이다. 자, 내가 보기엔 이 점이 생체 해부 옹호론자들의 통상적인 주장인 "당신 아내가 죽어 간다고 생각해 봐요"에서 취약한 부분이다. 생체 해부는 아내가 죽어 가고 있는 그 남자가 하는 게 아니다. 그랬다면 생체 해부는 순간적인 행위의 수준으로 올라섰을 것이다. 거짓말 치는 일, 빵을 훔치는 일, 혹은 다른 모든 추악한 행위들처럼 말이다. 하지만 생체 해부가 다른 누군가에게 도움이 될 거라는 확신이 없는 사람들이 냉혹하고 느긋하게 이 추악한 행위를 하는 것이다. 할 수 있는 최상의 말은, 상상컨대 어느 먼 미래에 다른 누군가의 아내의 생명을 구할지도 모르는 어떤 발견을 할 수도 있다는 말뿐이다. 이는 그 행위에서 즉각적인 공포를 박탈하기에는 너무 냉정하고 동떨어져 있다. 결코 생기지 않을지도 모르는 어떤 거대한 딜레마를 위해 거짓말을 하라고 아이를 훈련시키는 것과 같다. 당신은 잔인한 일을 하고 있다. 하지만 그 일을 자비롭게 할 만한 열정은 부족하다.

내가 왜 반 생체 해부 옹호론자인지는 이쯤 해 두자. 그리고 결론적으로 나는 이렇게 말하고 싶다. 내가 아는 반 생체 해부 옹호론자들은, 인정이 편을 들고 있는 보편적인 인간 관습을 공격하면서 인정이 보편적으로 자기들 편을 들어 주고 있는 어떤 과학 전문 분야에는 이런 공격을 가하여 자신들의 논거를 한없이 약화시킨다. 예를 들어, 나는 인도주의자들이 생체 해부와 야외 스포츠[16]를 마치 동일한 종류의 일인 양 얘기하는 것을 들은 적이 있다. 내겐 그 둘의 차이가 단순하면서 아주 커 보인다. 스포츠를 즐길 때 인간은 숲으로 가서 숲의 살아 있는 생명들과 뒤섞인다. 모든 피조물은 파괴자라는, 단순하고도 건전한 관점에서 파괴자가 될 따름이다. 단 한순간만 동물에게, 인간에게 있어서의 그들, 즉 또 다른 동물이 되는 것이다. 생체 해부를 할 때 인간은 보다 단순한 생명체를 취해 인간만이 가할 수 있는 교묘한 일을 겪게 한다. 따라서 이 문제에 대해 인간은 심각하고 아주 엄청난 책임이 있다.

한편, 내가 이번 크리스마스에 칠면조를 엄청나게 많이 먹으

16 사냥, 새 사격, 낚시 등을 일컫는다.

리라는 것은 진실이다. 하지만 (채식주의자들이 말하듯이) 내가 스스로 무엇을 하는지 자각하지 못하고 있거나, 아니면 나는 나쁜 일인 줄 알면서 행하는 위인이기 때문에 칠면조를 먹으리라는 것은 전혀 사실이 아니다. 또는 칠면조를 먹으면서 근본적인 양심의 불안함이나 의구심이나 창피함을 느끼리라는 것도 전혀 사실이 아니다. 어떤 면에서 나는 자신이 무엇을 하고 있는지 아주 잘 안다. 한편으로는 내가 뭘 하고 있는지 잘 모른다는 점을 아주 잘 알고 있다. 말했듯이 스크루지와 크라칫 가족과 나는 모두 같은 배를 타고 있다. 칠면조와 나는 좋게 말해 봐야 한밤에 스쳐지나가는, 그리고 지나치며 서로 인사하는 배들이다. 나는 칠면조의 안녕을 바란다. 그러나 내가 그를 잘 대우하는지 어떤지를 알아내기란 사실상 거의 불가능하다. 나는 재미 삼아 칠면조를 핀으로 찌르거나 과학적인 연구를 위해 칠면조에 칼을 꽂는 둥, 특별하고 인위적으로 괴롭히는 모든 행위를 하지 않을 수 있으며 질색하면서 피할 것이다. 하지만 칠면조의 엄숙한 눈으로 보기에 내가 천천히 사육하다가 형제들의 필요를 위해 재빨리 죽임으로써 그의 기이하고 독자적인 운명을 개선한 건지, 신이 보시기에 내가 칠면조를 노예나 순교자, 혹은 신의 사랑을 받아 일찍 죽는 존재로 만든 건지—이는 내가 신비주의나 신학의 가장 난해한 사항들보다 더 알 가능성이 없는 부분이다. 칠면조는 모든 천사와 대천사보다 더 신비하고 무시무시하다. 신은 우리에게 성스러운 세계를 부분적으로 밝혀 주셨던 만큼, 천사가 의미하는 바를 부분적으로 말씀해 주셨다. 하지만 신은 칠면조가 의미하는 바는 결코 말씀하신 적이 없다. 당신이 가서 살아 있는 칠면조를 한두 시간 바라보다 보면, 끝 무렵에 수수께끼가 사라지기보다는 외려 치솟음을 알게 되리라.

범죄형 머리통

A Criminal Head — 『Alarms and Discursions』(1910)

과학자들은(혹은 종종 과학에 대해 말하는 사람들은) 역사나 사회를 과학적으로 연구한다고 할 때, 그 연구에는 매우 뚜렷한 두 가지 논점이 수반된다는 사실을 늘 잊어버린다. 이 논점들이란, 육체의 어떤 면들과 영혼의 어떤 면들은 함께할지도 모르지만, 육체의 어떤 부분들을 파악했다고 해서 이를 영혼의 어떤 부분들에도 적용할 수는 없다는 점이다. 누군가는 특정 인종의 결합이 행복한 공동체를 형성한다는 사실을 박식하게 보여줄 수도 있다. 그러나 이자는 어떤 공동체가 행복한지에 대해서는 틀릴지도 모른다(보통은 틀린다). 누군가는 특정한 신체 형태를 가지고 있는 사람이 어떻게 정말로 나쁜 사람인지를 과학적으로 설명해 줄 수도 있다. 하지만 이자는 어떤 사람이 정말로 나쁜지에 대해서는 틀릴지도 모른다(보통은 틀린다). 그러므로 그의 주장은 전적으로 쓸모없다. 그는 방정식의 반쪽만 이해할 뿐이니까.

어쩌면 더 따분한 교수가 내게 와서 이렇게 말할지도 모른다. "켈트족은 실패한 사람들이에요. 예로 아일랜드인을 봐요." 그 말에 나는 이렇게 답하리라. "당신은 켈트족에 대해선 다 알지도 몰라요. 하지만 아일랜드인에 대해서는 하나도 모르는 것이 분명하군요. 아일랜드인은 실패한 사람들이 전혀 아닙니다. 자기 나라를 떠나 지구의 대부분을 돌아다닌 게 실패한 것이 아닌 한은요. 이렇게 따지면 잉글랜드인도 실패했지요." 울퉁불퉁한 머리통을 한 어떤 이가 내게 (일종의 새해 인사로서) "바보들은 두개골이 조그마해요" 따위의 말을 할지도 모른다. 그러면 나는 이렇게 답하겠다. "그걸 확신하려면, 당신은 신체와 정신, 양쪽 면에서 훌륭한 감식가여야만 합니다. 당신이 두개골을 봤을 때 조그만지 알아보는 걸로는 부족해요. 또, 바보를 보면 그자가 바보인지도 바로 알아봐야 하지요. 그리고 나는 당신이 그를 모든 인간관계를 통틀어 평생 동안 가장 잘 알고 지냈는데도 불구하고, 정작 바보를 보면 알아보지 못하리라는 의심이 드는군요."

대부분의 사회학자나 범죄학자 등의 문제점은 그들의 전문 지식은 총체적이고 정교한 반면, 아는 바가 적용되는 인간과 사회에 대한 지식은 대단히 피상적이며 어리석다는 것이다. 이들은 생물학에 대해서는 모조리 알지만 삶에 대해서는 거의 아무것도 모른다. 예로 역사에 대해서는 하찮고 무지한 지식만 가지고 있을 뿐이다. 그래서 어느 유명하고 어리석은 교수[1]가 범죄형 인간을 규명하기 위해 샤를로트 코르데[2]의 두개골을 측정한 것이다. 설사 '범죄형'이라는 것이 존재한다 할지라도, 이 교수에게는 샤를로트 코르데는 분명 범죄형이 아니었음을 알 만한 역사적 지식이 없었다. 내가 알기로 후에 그 두개골은 결국 샤를로트 코르데의 것이 아니라고 판명되었다. 하지만 이는 또 다른 얘기다. 요지는 그 불쌍한 영감이 샤를로트 코르데의 생각에 대해선 아무것도 모르는 채 샤를로트 코르데의 마음을 그녀의 두개골과 짝지으려 했다는 것이다.

하지만 어제, 나는 한층 더 노골적이고 충격적인 사례를 접했다. 어느 대중 잡지에 범죄학에 대한 흔한 글이 하나 실려 있었다. 사악한 자들의 머리를 분해하면 그들이 선해질 수 있는가에 대한 글이었다. 내가 아는 단연코 가장 사악한 인간들은 그런 과정을 받아들이기에는 너무 부유하고 강력하기 때문에, 이 추측

1 이탈리아의 범죄학자인 체사레 롬브로소(1835~1909)를 말한다. 그는 범죄자들에겐 일정한 신체적 특징이 있으며 선천적으로 범죄자일 수밖에 없는 사람들이 있다는 주장을 내세워 한때 큰 관심을 불러 모았다.

2 1768~1793. 프랑스 혁명 후 무자비한 통치를 행한 자코뱅 당의 지도자 장 폴 마라를 암살한 죄목으로 단두대에서 처형당한 여성. 그녀의 행위는 정치적 견해에 따라 각각 다른 평가를 받았다.

은 내게 아무런 감명도 주지 못했다. 그런데 내가 항상 고통스럽게 깨닫는 바지만 흥미롭게도 살아 있는 백만장자들의 초상은 이러한 끔직한 사례들의 진열에서 빠져 있다. 그리고 우리더러 코의 선이니 이마의 굴곡에 주목하라는 이 글 속의 초상들은 대부분 평범하고 슬픈 사람들의 초상으로 보였다. 배가 고파서 도둑질을 했거나 격분한 상태에서 살인을 저지른 사람들 말이다. 신체적 특이성은 한없이 다양해 보였다. 때로는 놀라울 정도로 각진 머리통이었고, 때로는 명백하게 둥근 머리통이었다. 이 글을 쓴 학자는 때로는 비정상적으로 발달한 뒤통수나 때로는 발달 부족임이 명백해 보이는 뒤통수를 언급했다. 나는 변치 않는 요소를, 과학적인 범죄자형의 영구적인 특성을 발견하고자 애썼다. 그리고 철저한 분류 끝에 그 특성은 가난하다는 점이라고 결론을 내렸다.

하지만 내게 결정적인 충격을 안긴 것은 이 글에 실린 사진들 중 한 장이었다. 깨달음을 얻은 내 머릿속에는 범죄학자들은 대체로 범죄자들보다 더 무지하다는 사실이 영원히 새겨졌다. 그 굶주리고 고통에 찬, 하지만 상당히 인간적인 얼굴들 가운데 두상 하나가 있었다. 깔끔하지만 옛스러웠다. 18세기 풍 분을 뿌린 가발을 썼으며 1790년 무렵 중상류 계급의 풍습을 나타내는, 지나칠 정도로 깔끔하고 꼼꼼하게 꾸민 옷차림을 한 머리가. 기다란 얼굴은 꼿꼿하게 들려 있었으며, 무서우리만치 정직한 눈

빛을 띤 눈은 정면을 바라보고, 입술은 영웅적인 결의로 굳게 다물려 있었다. 그런데 남성적 힘의 결핍과 어떤 섬세함 때문에 오히려 애처로워 보이기까지 했다. 이자의 정체를 모르는 사람은 셰익스피어가 묘사한 브루투스 스타일의 남자라고 추측할 수도 있으리라. 날카로우리만치 순수한 마음을 지녔으며, 정부를 그저 도덕을 위한 기구로 이용할 뿐이고, 모순이라는 비난에 매우 민감하며, 자신의 청렴하고 명예로운 삶을 다소 지나치게 자랑스러워하는 남자 말이다. 나는 설사 그가 누군지 몰랐다 해도 얼굴만 보고도 이런 점들을 알아냈으리라 장담한다.

하지만 나는 그 얼굴이 누구의 얼굴인지 알고 있었다. 바로 로베스피에르[3]였다. 그리고 이 안색이 창백하고 지나치게 열정적인 도덕주의자의 초상 아래 이런 놀라운 말이 쓰여 있었다. '윤리적 본능의 결핍.' 그리고 그가 자비라고는 몰랐다는(사실이 아닌 게 분명하다) 의미가 담긴 내용과 낮은 이마에 대한 헛소리가 뒤이어 쓰여 있었다. 낮은 이마는 그가 루이 16세와 공유하

3 1758~1794. 자코뱅 당의 주요 인물로 프랑스 혁명 이후 루이 16세의 처형을 주도했다. 외세가 프랑스 혁명에 등을 돌리고 내부적으로도 경제난이 심화되며 민중이 들썩이자 그는 '공포정치'를 내세워 수만 명의 반대파를 숙청했고, 결국 이에 대한 반발로 자신 역시 처형당하게 되었다. 역사가들의 평가는 분분한데, 대체로 그 순수성만은 인정하는 듯하나 그 정당성에는 의견이 갈린다.

고 있는 특징으로, 그와 동시대의, 그리고 우리 시대의 절반도 공유하고 있는 특징이다.

그제야 나는 지식과, 과학의 무지 사이의 충격적인 간극을 어림잡을 수 있었다. 그제야 모든 범죄학이 더 이상 무가치할 수 없을 만큼 무가치함을 깨달았다. 왜냐하면 그 분야에서 논하기로 되어 있는 인간의 본질에 완전히 무지하기 때문이다. 로베스피에르에게 윤리적 본능이 없었다고 말할 수 있는 자는 윤리에 관한 모든 계산에서 완전히 배제되어 있는 사람이다. 차라리 존 버니언[4]에게 윤리적 본능이 없었다고 말하는 편이 낫다. 로베스피에르가 병적이었으며 정신적으로 균형을 잃은 사람이었다고 할 수는 있다. 버니언에 대해서도 같은 말을 할 수 있다. 하지만 이 두 남자가 병적이었고 균형을 잃은 자들이었다면 그것은 도덕심이 부족했기 때문이 아니라 넘쳤기 때문에 병적이었고 균형을 잃었던 것이다. 당신은 로베스피에르가 (부정적인 방식으로) 미쳤다고 말하고 싶을지도 모르겠다. 하지만 그가 미친 사람이었다면 그는 도덕에 미쳤던 것이다. 로베스피에르와 예리하고 호전적인 동료들은 지적인 측면에서 불합리와 부정을 견디지 못했다. 그리고 유럽의 모든 경로가 이미 악취를 풍기고 있던 올리

4 1628~1688. 청교도에 영향을 받은 설교자이자 『천로역정』의 작가. 무단으로 설교를 하여 12년간 투옥당한 적이 있다.

가르히와 국가 기밀에 잠식되어서는 안 된다고 결의했다. 이는 암흑시대 이후 기독교가 야만의 심연에서 유럽을 끌어냈던 일을 제외하곤, 인간에게 주어진 가장 위대한 일이었다. 하지만 그들은 해냈다. 다른 누구도 해내지 못했을 것이다.

우리는 분명 이런 일을 해낼 수 없다. 우리는 정의를 두고 전 유럽을 상대로 싸울 준비가 되어 있지 않다. 단순히 외국인을 거부하기 위해 우리의 가장 강력한 계층을 내칠 준비가 되어 있지 않다. 위대한 재산을 단번에 부수어 버릴 준비가 되어 있지 않다. 완전한 해체가 이루어지는 끔찍한 순간에 모든 것을 명료하게 만들고자, 모든 이에게 자랑스러움을 느끼게 하고자, 우리 자신을 믿을 준비가 되어 있지 않다. 우리는 당통[5]처럼 당당해질 만큼 충분히 강하지 않다. 로베스피에르처럼 나약해질 만큼 강하지도 않다. 유일하게 한 가지, 우리가 할 수 있는 듯이 보이는 것이 있다. 우리는 한 무리의 아이들처럼 이 고대의 전장 위에서 놀 수가 있다. 상상조차 되지 않는 이 전쟁의 독재자와 순교자 들의 뼈와 두개골을 긁어모을 수 있는 것이다. 그리고 얼간

5 1759~1794. 프랑스 혁명 지도자 중 한 사람. 웅변가로 자코뱅 당의 지도자였으나 심한 공포정치에 반발을 내보이며 로베스피에르와 대립하였다. 이후 뇌물 수수와 반 혁명 인물이라는 혐의를 쓰고 로베스피에르 일파에 의해 처형당했으나 죽음의 순간까지 당당한 태도를 유지했다. 유언으로 "사람들에게 내 머리를 보여 주시오. 볼만한 가치가 있거든"이라는 말을 남겼다고 한다.

이의 두개골과 범죄자의 머리통에 대해 아이처럼 천진하게 떠들 수 있다. 나는 누구의 머리가 범죄형인지는 모르겠지만, 누구의 머리가 얼간이인지는 알 것 같다.

거꾸로 생각하는 인간

The Man Who Thinks Backwards — 『A Miscellany of Men』(1912)

거꾸로 생각하는 인간은 오늘날 아주 영향력이 있다. 실로, 전능하지는 않더라도 최소한 사방에 존재한다. 바로 이런 자들이 거의 모든 학술서와 논문, 특히 과학적이거나 회의적인 종류의 글들을 써 낸다. 우생학[1]과 사회 진화론과 형법 개혁과 고등비평[2]을 비롯한 모든 것에 대해서 말이다. 하지만 무엇보다 여성 해방과 결혼을 재고하는 내용의 글 대부분을 쓰는 것이 바로 이 이상하고 왜곡된 존재들이다. 거꾸로 생각하는 인간은 흔히

1 인간을 개량하여 우수한 자손을 만드는 학문으로, 20세기 초에 미국과 유럽에 크게 퍼졌다. 1883년에 다윈의 사촌인 골턴이 처음으로 체계화했다.

2 성경의 원문을 그대로 연구하기보다는 저자, 사상, 역사 등을 고려하여 성경을 고찰하는 비평연구.

여자이기 때문이다.

거꾸로 생각하기를 이론적으로 정의하기는 쉽지 않다. 아마도 가장 간단한 방법은 가능한 한 평범한 대상을 골라, 그 대상에 대한 두 가지 사고방식을 이끌어 내는 것이리라. 올바른 사고방식은 모든 실질적인 결과를 낳는다. 그릇된 사고방식은 우리가 나누는 모든 논의에 혼란을 일으키며, 특히 성별관계에 대한 논의에서 그렇다. 나는 방을 쭉 둘러보다가, 이러한 성별과 관련한 논의 가운데 보다 고차원적이고 정교한 논의에서 종종 언급되는 사물에 주목했다. 바로 부지깽이다. 나는 부지깽이에 대해 생각해 보겠다. 처음엔 바로forwards 생각했다가 다음엔 거꾸로backwards 그러면 아마도 내가 의미하는 바가 드러나리라.

부지깽이에 대해 바르고 현명하게 생각하고자 하는 현자라면 이런 식으로 시작할 것이다. 이 별을 기어 다니는 살아 있는 존재 중에서 가장 별난 존재는 인간이라 불리는 것이다. 아무 털도 깃털도 없는 새이자, 우스꽝스러우며 비참한 이 존재는 모든 철학의 대상이 되어 있다. 그는 유일하게 벌거벗은 동물이다. 한때 영예라 일컬어졌던 이 특징은 이제 수치이다. 그는 자신이 원하는 것들을 위해 스스로 밖에 나가야만 한다. 십중팔구 목욕을 하러 갔다가 사방에 옷을 벗어 두어 모자는 비버에, 코트는 양에 걸쳐 둔 멍한 사람으로 여겨지리라. 토끼는 하얀 온기를 조끼 삼아 입고 있고, 반딧불은 머리에 랜턴을 쓰고 있다. 하지만 인간은 그 거죽에 열기도 없고, 몸 속의 빛은 어둡기만 하다. 그는 자신이 내던져진 거칠고 추운 우주에서 빛과 온기를 찾아야만 한다. 이 사실은 그 영혼과 몸에 똑같이 해당된다. 그는 거죽을 잃은 만큼 마음도 잃어버린 유일한 존재다. 정신적인 측면에서 그는 이성을 잃었다. 심지어 말 그대로 자신의 털을 잘 간수하지도 못했다.[3] 그리고 이렇게 외적인 필요성에 의해 그의 어두운 뇌리에 종교라 불리는 무시무시한 별이 빛난 것처럼, 손 안에서는 그 필요에 유일하게 어울리는 상징이 빛났다. 바로 불이라 불리는 붉은 꽃이다. 불, 모든 물질 중 최고의 마법이자 놀랍기 짝이 없는 이 물질은 오직 인간에게만 알려졌으며, 인간의 숭고한 외형주의의 표출이다. 불은 인간적인 모든 것을 난로 속에, 성스러운 모든 것을 제단 위에 구체화해 놓는다. 불은 세상에서 가장 인간적인 것이다. 황량한 습지나 혼잡한 숲의 저편에서 보이는 불은, 진실로 이브의 아들들의 자줏빛과 금빛으로 빛나는 깃발이다. 하지만 이 관대하고 환희로 찬 물질에는 무시무시하고 이질적인 특성이 있다. 바로 고통스럽다는 특성이. 불의 존재는 생명을 뜻한다. 불과의 접촉은 죽음을 뜻한다. 그러므로 우리와 이 무시무시한 신성 사이에는 항상 중재자를 두어야만 한다. 우리를 위해 이 삶과 죽음의 신에게 호소할 사제를 두어야 한다.

3 'keep one's hair on'이란 숙어가 쓰인 문장으로, '진정하다'라는 뜻이 있다.

불에게 대사를 보내야 한다. 그 사제가 바로 부지깽이다. 다른 살림 도구들보다 훨씬 무자비하며 호전적인 재료로 만들어졌고, 모루에서 망치질당하며 스스로 불꽃 속에서 태어난 이 부지깽이는 활활 타오르는 불가마에 들어갈 만큼 강하고 저 성스러운 아이들[4]처럼 불에 타지 않는다. 이 영웅적인 봉사중에 부지깽이는 종종 손상되고 뒤틀리기도 하지만, 이는 부지깽이에게 더욱 영예로운 일이다. 포화 세례를 받고 있는 모든 병사처럼.

자, 이 모든 것이 매우 비현실적이며 신비롭게 들릴지도 모른다. 하지만 이것이야말로 부지깽이에 대한 올바른 시각이며, 이런 관점을 취하는 자라면 누구도 여타의 잘못된 시각, 이를테면 부지깽이로 아내를 팬다든가 아이를 괴롭힌다든가 심지어 (사실 더 용납되는 일이긴 하지만) 팬터마임극의 광대처럼 경찰관을 펄쩍 뛰게 하는 일[5]은 절대로 저지르지 않을 것이다. 따라서 초

4 '다니엘서'에 등장하는 다니엘의 세 친구인 사드락, 메삭, 아벳 느고를 말한다. 이들을 포로로 잡아온 바빌론의 왕 네부카드네자르는 황금 상을 만들고 사람들로 하여금 절을 올리게 했다. 신앙심이 깊었던 세 친구는 그것을 거부하여 왕의 노여움을 사 결국 활활 타는 불가마에 들어가게 된다. 네부카드네자르 왕은 상처 하나 입지 않은 이들의 모습과 그 불 속에 성스러운 누군가가 함께 있는 장면을 목격하고 크게 뉘우친다.

5 영국식 팬터마임극 중 광대가 새빨갛게 달궈진 부지깽이를 휘두르며 코믹한 소동을 벌이는 전통적인 무대가 있다.

심으로 돌아가 모든 것을 진기하고 새로운 것으로 인식하게 된 사람은 언제나 사물을 올바른 순서로, 목적과 중요성의 정도에 따라 이해할 것이다. 부지깽이는 불을 위해, 불은 인간을 위해, 인간은 신의 영광을 위해.

이것이 바로 생각한다는 것이다. 현대에는 제국주의, 사회주의, 여성의 투표권을 비롯한 모든 것에 대한 논의들이 정반대의 사고 체계에 묶여 있다. 이 사고는 다음과 같은 식으로 흘러간다. 현대의 지식인이 방 안으로 들어와 부지깽이를 본다. 그는 실증주의자다. 그라면 인간의 본성에 대한 어떤 정설이나 불의 미스터리에 대한 백일몽 따위로 얘기를 시작하지 않을 것이다. 그가 볼 수 있는 것, 즉 부지깽이에서부터 시작할 것이다. 그리고 그는 부지깽이를 보고 그것이 구부러져 있다는 사실을 가장 먼저 알아차린다. 지식인은 말한다. "불쌍한 부지깽이, 구부러져 있구나." 그런 다음 부지깽이가 어쩌다 구부러지게 되었는지 묻는다. 그리고 (그의 기질 탓에 지금까지 그에게 낯선 채로 남아 있는) 세상에는 불이라 불리는 것이 존재한다는 답을 듣는다. 지식인은 매우 친절한 태도로 분명하게, 인간이란 얼마나 어리석은지 지적한다. 곧게 뻗은 부지깽이를 원하면서 그것을 가열하여 휘게 만들 것이 분명한 화학적 연소 작용 속에 집어넣는다니 말이다. "불을 파괴합시다." 그는 말한다. "그러면 우리는 완벽하게 곧은 부지깽이를 소유할 거요. 도대체 당신들은 왜 불을 원하는 겁니까?" 사람들은 인간이라 불리는 생물한테는 불이 필요하며, 인간은 털이나 깃털이 없기 때문이라고 설명해 준다. 지식인은 타다 남은 깜부기불을 몇 초간 몽롱한 시선으로 응시하다가 고개를 젓는다. "그런 동물을 보호할 가치가 있는지 의심스럽군." 그는 말한다. "결국 날개와 단단한 몸통과 뾰족한 돌출부위와 비늘과 뿔과 덥수룩한 털을 지닌, 보호 및 보온 기능이 잘되어 있는 종種과 맞붙게 되면 인간은 우주적 싸움에서 질 것이 틀림없어. 인간이 이런 사치품들 없이는 살 수 없다면, 당신들은 인간을 파괴하는 것이 낫소." 보통 이 시점에서 사람들은 확신하게 된다. 그들은 곤봉과 도끼를 모조리 들어 올려 인간을 파괴한다. 적어도 인간들 중 이자만은.

인간의 복지를 위해 새롭고 다양한 계획들을 논하기 전에, 꼬리가 앞으로 오시 않는 직접적인 방식으로 논의하기로 합의하자. 전형적인 현대 운동들Modern movements은 옳을지도 모른다. 하지만 전형적이어서가 아니라 그 운동이 옳기 때문에 옹호받아야 한다. 불을 발견하기 이전의 인류처럼 추위에 떨면서 거리로 나앉은 실제 여자나 남자에 대해서부터 논의를 시작하자. 새빨갛게 달궈진 부지깽이의 끄트머리처럼 격하게 달궈진 마지막 논의의 결론에 대해서부터 이야기하지 말자. 제국주의가 옳을 수도 있다. 하지만 만약 제국주의가 옳다면, 영국의 제국주의는 영국이 이스라엘처럼 신성한 권위나, 로마처럼 사람의 권력을 갖고 있기 때문에 옳은 것이어야 한다. 남아프리카를 짊어지고선 내려놓는 법을 모르기 때문에 옳은 게 아니라. 사회주의가 참될지도 모른다. 하지만 그것이 참되다면 그 이유는, 어떤 종족이나 도시가 실제로 땅을 전부 공유지로 선포할 수 있기 때문이다. 모든 상품을 망라하는 해러즈 백화점이 실재하며 영연방이 그들을 모방해야 하기 때문이 아니다. 여성 참정권이 정당할 수도 있다. 하지만 이것이 정당하다면, 그 이유는 여성이 여성이기 때문이다. 여성이 저임금을 받으며 착취당하는 노동자이자 백인 노예이며, 절대로 속해서는 안 되었던 온갖 것들에 속하기 때문이 아니다. 제국주의자가 그저 거기 있다는 이유로 식민지를 수용하게 하지 마라. 또한 그저 투표권이 놀고 있다는 이유로 여성 참정권론자가 이것을 가지게 하지 마라. 또한 단순히 시장에 나왔다는 이유로 사회주의자가 어떤 산업을 매수하게 하지 마라.

먼저 스스로에게 정말로 원하는 것이 무엇인지 물어보자. 최근에 법률로 결정된 사항이 우리에게 원하라고 가르친 것이나 혹은 최근의 논리적인 철학들이 우리가 원해야만 한다고 증명한 것, 또는 최근의 사회적인 예언들이 언젠가 우리가 원하리라 예측한 것들 말고. 만일 대영 제국이 있어야만 한다면, 그것을 영국인의 것이게 하자. 그저 당황하다가 미국인이나 러시아인의 것이 되게 하지 말고. 여성 참정권이 있어야 한다면 그것을 여성의 것이게 하자. 남자 무뢰한처럼 야비하거나 남자 사무원처럼 우둔한, 한낱 흉내쟁이의 것이 되게 하지 말고. 사회주의가 있어야 한다면 그것을 사회의 것이 되게 하라. 가능한 한 오늘날의 커다란 영리적 백화점들과 다르게 말이다. 정말로 뛰어난 재단사는 옷감에 맞춰 코트를 재단하지 않는다. 더 많은 옷감을 요구한다. 정말로 현실적인 정치인은 자신을 기존의 조건에 맞추지 않는다. 조건이 부적절하다고 맹렬히 비난한다. 역사는 깊게 뿌리 내린 나무와 같아서, 그 둘레는 거대하더라도 마침내는 점점 가늘어져 잔가지들에 이른다. 그리고 우리는 가장 높은 가지에 있다. 모두가 각각 잔가지 하나로 나무를 구부리려 하고 있는 것이다. 저 먼 식민지를 통해 잉글랜드를 바꾸려 하고, 혹은 일개 정부 부처를 통해 나라를 차지하려 하고, 혹은 하나의 투표권을 통해 투표권 행사를 전부 파괴하려는 것이다. 그러한 황당한 일들 가운데 이런 사소한 승리나 패배의 유혹을 거부하는 자는 현명하며, (저 로마 시인의 말을 따라하자면) 사물의 뿌리를 기억하는 자는 행복하다.[6]

6 베르길리우스의『농경시』속 구절을 인용한 것으로 추정된다.

논지 비껴가기의 기술

The Art of Missing the Point —『Utopia of Usurers and Other Essays』(1917)

논지 비껴가기는 매우 훌륭한 기술이다. 그리고 오늘날 정치인과 언론인에 의해 거의 완벽에 이르렀다. 보통 논지는 매우 예리한 것인 데다, 그 양쪽 끝이 모두 날카롭기 때문이다. 다시 말해, 어떻게든 양측이 함께 논지를 피하지 않으면 아마 불쾌한 방식으로 자기 자신들을 찌르게 되리라는 얘기다. 나는 막 내가 사는 지역에 출마한 자유당 후보의 선거 연설문을 보고 있는 참이었다. 그 연설문은 어떤가 하면, 같은 종류의 다른 문서들보다 비교적 더 논리적이고 덜 위선적임에도 불구하고 논지 비껴가기 기술의 탁월한 예였다. 이 후보는 자유무역과 토지 개혁과 교육에 대해 끊임없이 늘어놓아야만 한다. 그리고 아마 연설을 읽는 그 누구도, 투표 결과가 공표될 이 위컴, 그러니까 바로 이 후보가 경합하고 있는 버킹엄셔의 위컴 선거구의 중추에서, 중요하고 활기찬 거래로 번창해 온 이 중심지에서, 지난 몇 달간 부자와 빈자 사이에 프랑스 혁명만큼이나 진짜 같은, 정의에 관한 거센 투쟁이 맹렬히 지속되어 왔음을 상상할 수 없으리라. 위컴 선거구의 대표자로 지원한 이 후보는 위컴에 대해선 한 마디도 하지 않는다. 공포정치로 위기에 처해 있는 프랑스인이 파리 의원으로 나섰으면서 군주제에 대해, 공화제에 대해, 대량 학살에 대해, 전쟁에 대해서는 한 마디도 하지 않고 다만 얀센파[1]에 대한 억압, 라신[2]의 문학 스타일, 튀렌[3]의 총사령관직 적합성, 맹트농 후작 부인[4]의 종교적 성찰에 대해서는 아주 명확한 견해를 피력하는 것과 같다. 왜냐, 아무리 좋게 봐도 저 후보자가 꺼낸 화제들은 화젯거리가 아니기 때문이다. 아일랜드의 자치는 매우 좋은 일이고, 현대적인 교육은 아주 나쁜 것이다. 하지만 이 둘

1 네덜란드의 종교학자 코넬리우스 얀센(1585~1638)의 주장이 바탕이 된 종교 운동을 따르는 사람들. 원죄가 있는 타락한 인간에게는 오직 신의 은총만이 필요한 데다 선택받은 소수만이 구원받을 예정이라는 사상을 내세웠다.

2 1639~1699. 프랑스의 극작가.

3 1611~1675. 뛰어난 전술로 전쟁에서 활약하여 나폴레옹을 비롯한 후대 사람들에게 많은 존경을 받은 장군으로, 프랑스의 여섯 명밖에 없는 대원수 중 한 명이다.

4 1635~1719. 신앙심이 매우 깊었던 가톨릭 신자로, 루이 14세의 정부였고 그의 마지막 사랑이자 30여 년을 함께한 정신적 동반자이다.

다 위컴에서는 아무도 얘기하지 않는 주제들이다. 논지를 비껴가는 방법으로 가장 첫째가며 가장 단순한 방법이 바로 이것이다. 의도적으로 회피하고 무시하는 것 말이다.

정직한 후보

그나저나 논지를 회피하는 대신 곧장 다가가는 것은 재미있는 실험이 될 것이다. 완벽하게 솔직하고 냉소적인 선거 연설문을 발행하지도 않고 엄격한 정당 후보자로 나서면 무슨 재미가 있겠는가? 모슬리 씨[5]의 연설문은 이렇게 시작한다. "여러분, 알프레드 크립스 경[6]이 영국 상원의 고등 법관으로 선발되어 이제 보궐 선거를 치를 필요가 생겼습니다. 남버킹엄셔의 유권자들에게는 투표라는 책임 있는 의무가 부여된 겁니다. 어쩌고저쩌고……." 하지만 솔직하고 남자다운 스타일로 이렇게 서두를 연 또 다른 후보자가 있다고 생각해 보라. "여러분. 맹세코 말하건대 저는 고등법관이나 상원의원으로 선발될 것을, 혹은 정부

5 1850~1933. 1914년에 자유당 소속으로 위컴 선거에 나섰으나 낙선했다.

6 1852~1941. 1910년에 자유당 소속으로 위컴에서 당선, 1914년에 추밀원 사법위원회에 특별 지명되었다.

의 어떤 자리에 임명되거나 아니면 적어도 재정 전망에 대한 내부 정보를 얻어서 개인 재산이 상당히 증가될 것을 진지하게 기대하고 있으며, 따라서 다양한 명목으로 여러분에게 상당한 돈을 지출해도 될 만한 가치가, 심지어 더욱 내키지 않지만 하원의 한심한 연설과 지독한 공기를 견딜 만한 가치가 있다고 결정했습니다. 저는 여러 정치적 현안에 대해 상당히 확고한 신념을 품고 있습니다. 하지만 그런 문제들로 친애하는 시민 여러분을 괴롭히지 않을 것입니다. 그 이유는 상류층이 요구한다면 어떤 신념이든, 혹은 신념 전부를 포기하기로 굳게 다짐했기 때문입니다. 그러므로 유권자는 의원을 뽑는다는 전적으로 무책임한 의무를 맡고 있습니다. 바꿔 말하자면 제가 여러 면에서 그렇게 나쁜 놈이 아니라는 사실을 알고 있는 주변 이웃들께서, 1파운드 금화를 바꿔 달라고 부탁을 받은 것처럼 제 일에 친절을 좀 베풀어 주십사 부탁드리는 겁니다. 저의 당선은 저 자신을 제외하고는 그 무엇이나 누구에게 어떠한 영향도 미치지 않을 것입니다. 하여 저는 버킹엄의 위컴 선거구나 남부의 유권자들께, 제 차를 타고 가는 데 응하신 다음 일찌감치 투표를 마쳐 친구를 기쁘게 해 주시기를 터놓고 부탁드립니다. 국왕 폐하 만세." 당신이나 내가 이런 종류의 선거 연설문으로 나선다면 당선될지 어떨지는 잘 모르겠다. 하지만 우리는 재미도 보고 (상대적으로 말해서) 우리의 영혼도 구원했으리라. 게다가 우리도 다른 이들처럼 기계적으로 움직이는 과반수에 의해 선출되거나 혹은 거부당하리라는 강력한 느낌이 든다. 누구도 선거 연설문을 발모제 광고 이상으로 진지하게 읽을 생각은 꿈에도 하지 않는 것이다.

압제와 머리 장식물

그러나 우리가 논지를 비껴갈 만한 더욱 정교한 방법이 있다. 그 방법이란 그 문제에 대해 죽은 듯이 침묵을 지키는 것이 아니라, 그 문제를 잘못 진술할 정도로만 재치 있게 구는 것이다. 이런 식으로 어떤 자유당 공문서들은 남아프리카에서 발발한 야만적인 쿠데타[7]와 관련된 난제를 거의 대담하게 다루었다. 그들은 그 난제를 대담하게 다루었고, 그러자 그 난제는 옴짝달싹하지 못하는 상태에 빠졌다. 더 이상 진전될 수가 없어졌다. 왜냐하면 주요 논지를 비껴갔기 때문이다. 현대 자유당은 매우 전형적으로 치명적인 사실을 회피함으로써 네덜란드인과 유태인이

7 1914년에 발발한 마리츠 반란을 일컫는 것으로 추정된다. 보어전쟁 이후 남아프리카 연방을 이끌던 루이스 보타는 1차 세계대전이 발발하자 영국에 지원군을 보내기로 약속했으나, 군부 내 보어인 세력이 이에 반발, 보어인의 독립을 요구하며 연방 정부에 대규모 반란을 일으켰다. 1914년 10월 남아프리카 정부는 계엄령을 선포하고 반란을 진압했다.

남아프리카에 노예 제도를 도입한 사실을 공격하고자 미약하게 시도하고 있다. 여기서 치명적인 사실이란 바로 노예제이다. 이 네덜란드인 대부분은 늘 자신을 노예주主로 여겼다. 이 유태인 대부분은 늘 자신을 노예처럼 느꼈다. 이제 이들은 우위에 있기 때문에 이들이 독특하고도 흥미로운 뻔뻔함을 지녔다는 사실은 노예들 사이에서만 알려져 있다.[8] 하지만 자유당 소속 언론인들은 자신들이 계엄령이라 부르는 것이 바로 남아프리카의 잘못된 점임을 시사하고자 온 힘을 다할 것이다. 다시 말해 카키색 혹은 선홍색 옷을 입고[9] 잔혹한 행위를 저지르는 사람들에게는 특

8 1652년 이후 네덜란드인(보어인)들이 남아프리카로 이주하면서 원주민을 착취하고 노예로 부리기 시작했고, 훗날 유태인들도 아프리카 노예무역에서 주요한 역할을 했다. 보어인들은 1814년에 영국에 케이프타운을 빼앗긴 뒤 이주하여 트란스발 공화국과 오렌지 자유국을 세웠는데 이 지역에서 막대한 금광과 다이아몬드가 발견되면서 이를 노린 영국과 전쟁을 하게 되었다. 영국은 1902년에 이 보어 전쟁에서 승리했지만 잔인한 만행을 저질러 세상의 비난을 받았고 자국 내에서도 제국주의에 대한 반감이 불붙었다. 한편, 아프리카 원주민들은 영국이 노예제를 공식 폐기한 후에도, 노예라기보다 포로나 피지배국민처럼 취급받으며 강제로 각종 노역에 시달렸으며 특히 광산 채굴 노동에 동원되어 열악한 처우를 받았다. 견디다 못한 이들은 노동 운동과 파업을 일으켰고 1914년에는 마리츠 반란 외에 노동자 파업으로 인한 계엄령도 선포되었다.

9 전통적으로 영국 군대는 붉은색 군복으로 유명했는데, 보어전쟁 때부터는 적의 눈에 잘 안 띄는 카키색 군복도 착용했다.

별히 사악한 무언가가 있지만, 백랍 단추가 달린 남색 옷을 입고 저지르면 그렇지 않다는 것이다. 버즈비[10]나 군인의 약모略帽를 쓴 전제 군주는 끔찍하다. 말의 털로 만든 가발[11]을 쓴 전제 군주는 용인할 수 있다. 군인에게 심판당하는 것은 지옥이다. 하지만 법정 변호사에게 심판당하는 것은 천국이라는 것이다.

자, 이런 식으로 논지를 비껴가서는 안 된다. 아프리카의 압제의 그릇된 점은 군인이 압제를 저지른다는 점이 아니다. 정치가가 그런 압제를 가한대도 그만큼, 혹은 그 이상 나쁠 것이다. 문제는 파간 시대[12] 이후 처음으로 개인들이 어떤 한 개인을 위해 일하도록 강요받고 있다는 점이다. 일을 수락하기를 거부했다는 이유로 사람들이 투옥되거나 추방되고 있다. 보타[13]가 말을 탈 수 있다거나 총을 쏠 수 있다는 사실은 그를 나쁜 자로 만들기보다는, 훨씬 덜 남자다운 방법으로 동일한 노예 제도를 꾀하

10 영국 군인들이 특별 행사 때 머리에 쓰는 높은 털모자.

11 흰빛을 띠는 곱슬곱슬한 가발을 칭하는 것으로, 영국의 법정에서는 변호사들이 꼭 이 가발을 착용했다.

12 1044년에 세워진 미얀마의 첫 통일 왕조.

13 1862~1919. 2차 보어전쟁 때 활약한 보어인 군인이자 남아프리카 연방의 초대 총리로, 앞서 주석에 언급된 계엄령들의 선포문에는 그의 사인이 들어가 있다.

는 시드니 웨브[14]나 필립 스노든[15] 같은 이들보다 더 나은 사람으로 만든다. 자유당은 저 논쟁 전체를 자신들이 군국주의militarism라 부르는 것으로 유도하려고 애쓸 것이다. 하지만 현대 정치의 용어들 자체가 이것과 모순된다. 우리는 현 체재에 반하는 실제 반역자들에 대해 논할 때 그들을 투사militant라고 부르기 때문이다. 노예 국가the Servile State[16]에는 그러한 사람이 아무도 없을 것이다.

14 1859~1947. 영국의 정치가, 사회학자이자 경제학자. 영국 노동조합법과 노동 운동에 많은 영향을 끼쳤다. 1차 세계대전 이후 노동당의 상무장관 등을 지내기도 했다. 점진적이고 수정된 사회주의를 주장하는 영국 페이비언 협회의 초기 리더였다.

15 1864~1937. 영국의 정치인이자 사회주의자. 최초의 노동당 출신 재무 장관이다.

16 체스터튼과 함께 묶여 체스터벨록(chesterbelloc)이라 불릴 정도로 절친했던 힐레어 벨록의 저서 제목이기도 하다. 체스터튼과 벨록은 자본주의와 사회주의를 모두 비난했으며, 가톨릭 사상에 기반을 둔 분배주의(distributism)을 주장했다.

작가 혹은 독자

탐정소설에 대한 옹호

A Defence of Detective Stories — 『The Defendant』(1901)

탐정소설이 인기 있는 참되고 심리적 이유를 찾으려 한다면 우리는 수많은 허튼소리들을 떨쳐내야 한다. 이를테면 대중은 좋은 작품보다 나쁜 작품을 좋아하며, 탐정소설은 나쁜 작품이기 때문에 받아들인다는 말은 사실이 아니다. 예술적으로 정교하지 않다고 책이 인기를 끄는 건 아니다. 브래드쇼[1]의 철도 여행 안내서에는 심리적인 희극 요소가 거의 없다. 그렇다고 이 안내서가 겨우내 저녁마다 소리 높여 읽히고 있지는 않다. 탐정소설이 철도 안내서보다 더욱 열심히 읽힌다면 이는 분명 탐정소설이 더 예술적이기 때문이다. 다수의 좋은 책이 다행스럽게도

1 1801~1853. 기차 시간이 표준화되기 이전에 철도 시간표와 안내서를 출간한 인물이다. 한때 브래드쇼라는 이름은 기차시간표를 일컫는 말로 쓰이기도 했다.

인기가 있었다. 한층 더 다행스럽게도 다수의 나쁜 책은 인기가 없었다. 좋은 탐정소설은 나쁜 탐정소설보다 훨씬 더 인기가 있었을 것이다. 이 사안에서 곤란한 점은 많은 이가 좋은 탐정소설 같은 것이 있음을 깨닫지 못한다는 점이다. 그런 사람들에게 좋은 탐정 소설은 좋은 악마에 대해 말하는 것과 같다. 도둑질에 대한 이야기를 쓰면 그들의 눈에는 일종의 정신적인 도둑질을 하는 걸로 보이는 것이다. 감성이 모자라는 사람은 충분히 그렇게 여긴다. 하지만 그렇다면 셰익스피어의 희곡도 선정적인 범죄들로 가득하다는 점이 밝혀져야만 하리라.

좋은 탐정소설과 나쁜 탐정소설 사이에는, 좋은 서사시와 나쁜 서사시의 간극만큼 크거나 오히려 더한 차이가 존재한다. 탐정소설은 완벽하게 적절한 예술 형태일 뿐 아니라 사회에 복리를 가져다주는 존재로서 확고하고 실제적인 장점들을 품고 있다.

탐정소설의 첫 번째 본질적 가치는 다음과 같다. 탐정소설은 현대 삶의 시적인 감각을 표현해 내고 있는 가장 초기적이고 유일한 대중문학이라는 점이다. 인간은 거대한 산과 영원한 숲에서 수세대를 산 다음에야 자신들에게 시적 기질이 있음을 깨달았다. 그러니 이렇게 추정해도 무리는 없으리라. 우리의 후손 중 누군가는 굴뚝의 통풍관에 산꼭대기의 짙은 자줏빛이 깃들어 있다고 여기고, 가로등을 나무처럼 오래되고 자연스러운 것으로 바라보리라고. 거대한 도시 자체가 야생적이며 알기 쉬운 무언가라고 깨닫고 나면 탐정소설은 확실히 『일리아드』나 마찬가지이다. 탐정소설의 주인공이나 수사관이 동화에 나오는 왕자의 고독함과 자유로움 등을 품은 채 런던을 가로지르고 있음을 알아차리지 못할 이는 없을 것이다. 그리고 이 예측할 수 없는 여정에서 평범한 합승마차가 요정의 배의 원시적 색채들을 띠고 있다는 사실도. 도시의 불빛은 무수히 많은 고블린의 눈들처럼 빛나기 시작한다. 아무리 투박하다한들 이 불빛들은 작가는 알고 독자는 모르는 어떤 비밀의 수호자들이기 때문이다. 그리고 이리저리 굽은 길은 그 비밀을 향해 가리키고 있는 손가락 같다. 굴뚝 통풍관들이 이루는 환상적인 스카이라인은 미스터리가 어떤 의미를 품고 있는지에 대해, 거칠게 조롱하면서 암시해 주는 듯이 보인다.

런던이라는 시詩에 대한 이 깨달음은 하찮은 것이 아니다. 엄밀히 말해 도시는 전원보다 더 시적이다. 자연은 무의식적인 힘의 혼돈인 반면, 도시는 의식적인 힘의 혼돈이기 때문이다. 꽃이 이루는 문양이나 이끼가 깔린 형태는 중요한 상징일 수도 있고 아닐 수도 있다. 그러나 길에 깔린 돌과 벽에 박힌 벽돌 중에서 실제로 의도적인 상징을 지니지 않은 것은 없다. 전보나 엽서처럼 누군가의 메시지가 담겨 있는 것이다. 가장 좁은 길도 모든 의도된 굽이마다 그 길을 만든, 아마도 죽은 지 오래인 인간의 영혼을 담고 있다. 모든 벽돌은 조각이 새겨진 바빌론의 벽돌인 양 인간들의 상형문자를 간직하고 있다. 지붕 위의 슬레이트는 마치 가감법을 새긴 양 교육적인 문서이다. 심지어 셜록 홈즈의 모험담이라는 공상적인 형태를 취한다 해도 문명의 이런 소소한 낭만을 주장하고, 플린트 유리[2]와 타일에서 헤아릴 수 없이 깊은 인간의 개성을 강조하는 것이라면 무엇이든 좋다. 보통의 사람이 거리에서 사람 열 명을 바라보며 상상을 해 보는 습관에 빠지는 것은 좋다. 설사 열한 번째 사람을 악명 높은 도둑일지 모른다고 생각해도 말이다. 어쩌면 우리는 런던의 더욱 고상한 낭만을 가질 수 있을지도 모른다고, 인간의 영혼이 육체보다 더 기이한 모험들을 겪는다고, 범죄를 뒤쫓기보다 선행을 찾아다니는 일이 더 어렵고 흥미로울 거라고 꿈꾸는지도 모른다. 하지만 우리의 위대한 작가들은 (스티븐슨[3]이라는 감탄스러운 예외가 있지만) 이 위대한 도시의 눈이 고양이 눈처럼 어둠 속에서 타오르기 시작하는 그 오싹한 순간과 분위기에 대해 쓰기를 거부하고 있다. 따라서 우리는 깐깐하고 박식한 척하는 횡설수설들에 둘러싸여 있으면서도 현재를 지루하게, 혹은 평범함을 진부하게

2 1675년 영국인 조지가 개발한 튼튼하고 질 좋은 유리로, 이 발명으로 인해 영국의 유리 산업이 크게 발전했다.

3 1850~1894.『보물섬』,『지킬 박사와 하이드 씨』등을 쓴 작가.

묘사하기를 거부하는 대중 작품들을 공정하게 평가해 주어야만 한다.

전 시대에 걸쳐 대중 예술은 당대의 양식이나 관습에 흥미를 보이곤 했다. 십자가에 매달린 그리스도를 둘러싼 무리들에게 피렌체의 신사나 플랑드르 시민의 의복을 입히기도 했다. 19세기에는 저명한 배우들이 구불구불한 가발과 주름 장식된 옷을 입고 맥베스를 연기하는 것이 관례였다. 여행자들의 니커 바지[4]를 입고 케이크를 굽고 있는 알프레드 대제의 그림이나, 프록코트 차림에 상장喪章을 모자에 두른 햄릿이 등장하는 〈햄릿〉 공연을 상상하는 사람이라면 쉽게 이해하리라. 이 시대의 우리가 삶과 양식의 시詩에 얼마나 확신할 수 없게 되었는지 말이다. 하지만 롯의 아내[5]처럼 돌아보고자 하는 시대의 이런 본능은 영원히 계속될 수 없었다. 현대 도시의 낭만적인 가능성들이 드러난 거칠고 대중적인 문학은 발생할 수밖에 없었다. 바로 로빈후드의 모험담처럼 거칠고 재미있는 대중적인 탐정물로 태어나게 된 것이다.

그런데 탐정소설이 이룬 훌륭한 공이 또 하나 있다. 인간의

4 무릎 아래에서 홀치는 느슨한 반바지.

5 돌아보지 말라는 신의 명령을 거슬러 돌아본 결과 소금 기둥이 된 사람.

죄 많은 본성은 변함없이 문명과 같은 보편적이고 자동적인 것에 대항하고 일탈과 반란을 전파하려고 한다. 반면에 경찰이 활약하는 이야기들은 어떤 면에서, 문명 자체야말로 가장 선정적인 일탈이며 가장 낭만적인 반란이라는 사실을 유념하고 있다. 이 이야기들은 사회의 전초지를 지키는 잠들지 않는 파수꾼들에 대해 다룸으로써, 우리가 무질서한 세계와 전쟁을 벌이면서 무장한 진영에서 살고 있음을 상기시킨다. 그리고 무질서가 낳은 자식인 범죄자들은 우리의 문 안에서는 고작 반역자에 불과하다는 사실을 상기시킨다. 경찰 이야기에 나오는 형사가 도둑들의 소굴에서 칼과 주먹에 맞서 홀로, 그리고 다소 어리석을 정도로 두려움 없이 서 있을 때 이 이야기는 명백히 다음의 사실을 기억하게 해 준다. 탐정은 사회적 정의의 독창적이며 시적인 대리인인 반면, 도둑과 노상강도는 유인원과 늑대의 낡은 명성에 행복해하며 한낱 자기만족에 취해 있는 흔하디흔한 보수적인 자들이라는 점을 말이다. 그러므로 경찰이 활약하는 모험담은 인간의 모든 모험담이다. 이는 도덕성이 가장 어둡고 대담한 음모라는 사실을 기반으로 한다. 그리고 우리를 통제하고 보호하는, 소리 없고 은밀한 경찰의 활약상은 중세 기사의 성공적인 수행기와 다름없다는 사실을 상기시킨다.

탐정소설에 대한 오류

Errors about Detective Stories — 《The Illustrated London News》(1920)

어떤 일에도 성공하지 못한 사람들이 결국 성공하는 법에 대한 책을 쓴다는 것은 잘 알려진 사실이다. 그리고 나는 어째서 그 원칙이, 보다 하찮고 덜 영광스러운 직업뿐만 아니라 성공적인 탐정소설에도 적용되면 안 되는지 모르겠다.

미스터리 소설을 비평하기 전에 나 자신이 지구상 최악의 미스터리 소설 중 몇몇을 썼음을 고백해야 공평할 것 같다. 하지만 가장 형편없는 결과물들을 냈다 해도 가장 숭고한 동기를 품었다고 항변할 수 있다. 왜냐하면 나는 신성한 황금률[1]에 따라 행동했기 때문이다. 나는 다른 이들이 내게 하듯이 그들을 대했다. 더 많은 범죄 이야기를 제공한 것이다. 사람들이 보답으로

1 '남에게 대접을 받고자 하는 대로 너희도 남을 대접하라(마태오 복음 7:12)'

내게 더 많은 범죄 이야기들을 제공해 주리라는 희미한 희망을 품고서. 나는 내 미스터리 작품을 물 위에 띄웠다. 오랜 세월이 흐른 뒤 전혀 다른 제목이 붙은, 훨씬 더 우수해진 이야기가 되어 돌아오리라 기대하면서. 탐정소설 분야에서는 독자와 작가에게 노동이 예리하게 분담되어 있다. 어쩌면 독자에게 더 힘든 노동이 부과된다고 신랄하게 반응할 수도 있겠다. 그리고 그게 사실일지도 모른다. 특히 내가 은밀하게 조사해 본 우울한 사례들에서는 사실이리라. 하지만 어쨌든, 탐정소설의 참된 본질에는 그런 분담이 존재하는 것이다. 탐정소설을 쓴다면 당신은 탐정소설을 읽을 수 없다. 탐정소설을 읽고 싶다면, 탐정소설을 쓸 정도로 무분별해져서는 안 된다. 애초에 스스로가 구상한 폭로가 등장하는 결말에 깜짝 놀랄 수 없다는 점은 자명하니까. 또한 자신이 직접 감추고자 애썼던 비밀에 어리둥절해하거나 호기심을 품을 수는 없지 않은가. 내가 교묘하게 도둑을 주교로 분장시켰다면 나는 주교가 도둑이었다는 사실을 알고 놀라서 비틀거릴 수가 없다. 시인은 자기 시를 읊을 수 있지만, 선정sensational소설[2]의 작가는 자신의 소설에 충격을 받을 수 없는 것이다.

그럼에도 나는 탐정소설에 대해 독단적인 주장을 펼치고자 한

2 빅토리아 시대에 등장한 용어로, 주로 범죄가 나오는 대중 소설을 말한다. 대표적인 작품으로는 윌키 콜린스의 『흰 옷을 입은 여인』 등이 있다.

다. 최고의 탐정소설 중 하나인 『노란 방의 비밀』[3]의 연극판에 대한 광고문이 사방에서 보이기도 하고, 한편으로는 내가 이 탁월한 프랑스 이야기를 원래의 형태로 막 재독했기 때문이다. 나는 연극을 보지 못했지만 대단한 성공을 거두었다고 들었다. 문제의 본질상, 훌륭한 미스터리 소설이 반드시 훌륭한 연극이 되는 건 아닌데도 말이다. 사실 이론적으로 이 두 가지는 거의 상극이다. 각각의 비밀을 숨기는 방식이 정확하게 반대인 것이다. 극은 그리스 식 아이러니라고 불리는 것에 의존한다. 즉, 관객이 모르는 것이 아니라 관객이 아는 것을 기반으로 한다. 탐정소설에서는 아는 쪽이 주인공(혹은 악당)이며, 속는 쪽은 독자이다. 극에서 아는 쪽은 제삼자(혹은 관객)이며, 속는 쪽이 주인공이다. 하나는 등장인물들에게 비밀을 숨기며 다른 하나는 독자에게 비밀을 숨긴다. 그럼에도 한두 극에서는 비밀을 성공적으로 감추었으며, 〈노란 방의 비밀〉도 그랬을 법하다. 그러나 나는 동일한 부류의 수많은 열등한 이야기에 더해 이 작품을 재차 읽고 나서 이 대중적인 예술 형태의 진정한 원칙들에 대해 어떤 일반적인 생각들을 제시하게 되었다. 그 열등한 작품들에 우월한 태도를 취하려는 것은 아니다. 나는 시시한 이야기를 매우 좋아

3 1907년 발표된 가스통 르루의 장편 추리소설. 대표적인 밀실 미스터리.

한다. 상당히 많은 졸작을 읽었으며, 상당히 많이 쓰기도 했다. 그러나 이러한 분야에서조차 졸작 중의 졸작은 있는 법이다. 그리고 만일 가장 게으른 예능인들이 우리를 즐겁게 하는 방법을 이해한다면 우리는 더 쉽게 즐거워질 수 있을 것이다. 또한 미스터리 소설의 본질에 대한 오류들이 존재하는데, 독자뿐만 아니라 작가들 사이에서도 그런 오류가 보편적인 듯하다. 하지만 그런 오류가 탐정소설 작가의 저열하고 비굴한 역량 때문이 아니라 그런 이야기를 읽는 독자의 상대적으로 오만하고 고결한 인격 때문에 생겨났다는 내 생각을 이해받았으면 한다. 내가 감히 그런 오류들을 지적하고자 한다는 점도.

우선, 탐정소설 작가의 목적은 독자를 당황하게 하는 데 있다는 것이 아주 일반적인 생각이다. 독자를 실망시킨다는 의미로 보자면, 독자를 당황하게 하는 것보다 더 쉬운 일은 없다. 널리 광고된 성공한 많은 작품에서 저런 원칙이 그저 우연한 사건으로 정보를 쓸모없게 만드는 것으로 구현된다. 불가리아인 여자 가정교사가 장전된 라이플 소총을 들고 그랜드 피아노 속에 숨어 있던 이유를 말하려는 참에, 노란 얼굴의 중국인이 창으로 뛰어들어 와 야타칸(야타칸은 터키식 양날 언월도이다)으로 그녀의 목을 벤다. 그리고 이 사소한 방해 탓에 전체 이야기의 해명이 미뤄지게 된다. 자, 독자가 비밀이 밝혀지는 순간으로 한 걸음 내딛지 못하게 막으면서 몇 권이고 이런 긴장감 넘치는 모험담들로 채우는 일은 아주 간단하다. 이는 탐정소설의 근본적인 원칙들에 어긋난다. 단순히 예술적이지 않거나 논리적이지 못해서가 아니다. 진짜로 흥미롭지가 않은 것이다. 사람은 뭔가가 있지 않고서는 흥분할 수가 없다. 그리고 이런 무지의 단계에서는 독자가 흥분할 만한 것이 아무것도 없다. 사람들은 무언가를 안다는 사실에 흥분하는데, 저런 원칙하에서는 독자가 아는 것이 없다. 지적인 탐정소설의 참된 목적은 독자를 당황하게 만드는 것이 아니라 독자를 깨우치는 것이다. 다만 진실의 매 부분들에 놀라움을 느끼게 만드는 방식으로 깨우쳐야 한다. 그렇기에, 훨씬 더 고상한 미스터리 작품에서처럼 참된 신비주의자의 목표는 단순히 진실을 신비화하는 것이 아니라, 거기에 밝은 빛을 비추는 것이다. 그 목표는 어둠이 아니라 빛이다. 다만 번개의 형태를 띤 빛인 것이다.

그다음으로 모든 등장인물을 얼간이나 상투적인 인간으로 만드는 흔한 오류가 있다. 이는 작가가 현실적인 인물들을 서술할 만큼 똑똑하지 못해서라기보다는 사실, 비현실적인 문학에는 현실적인 성격 묘사가 무용하다고 생각하기 때문이다. 다시 말해, 작가는 존재의 전부를 파괴하는 행위를 하고 있다. 자신이 하는 일을 경멸하는 것이다. 그런데 이런 방식은 기계적인 목적에 치명적이다. 심지어 기계적인 목적임을 고려해도 그렇다. 우리는 비밀 암살자 집단이 명백히 죽는 게 나은 지겨운 사람을 죽이겠다고 맹세해 봤자 충분히 전율을 느끼지 못한다. 그리고 작가는 등장인물들을 죽이기 위해서라도 우선은 그들을 살아 있게 만들어야 한다. 사실, 좋은 미스터리 소설의 가장 흥미로운 요소는 사건이 아니라는 일반적인 원칙을 덧붙여야 하겠다. '셜록 홈즈' 작품들은 솜씨 있게 써낸 대중적인 미스터리의 아주 훌륭하고 실용적인 모델이다. 그리고 이런 작품의 핵심이 스토리인 경우는 극히 드물다. '셜록 홈즈' 작품들의 가장 훌륭한 부분은 홈즈와 왓슨의 웃긴 대화이다. 그러한 견고한 심리적 이유로 인해 둘은 사건의 행위자가 아닐 때조차 항상 개성적인 등장인물인 것이다.

그러나 내가 감히 대중소설가를 이렇게 비난한다면, 유사하지만 더욱 엄숙한 비난을 심리적인 작품을 쓰는 소설가에게 던짐으로써 균형을 잡아야만 할 것이다. 선정소설을 쓰는 이야기꾼은 사실상 흥미롭지 않은 인물들을 창조한 다음, 그 인물들을 죽임으로써 그들을 흥미롭게 만들려고 한다. 그러나 더욱 슬프게도 지적인 작가는 재능을 낭비한다. 흥미로운 인물들을 창조하고는 그들을 죽이지 않기 때문이다. 내가 소설을 쓰는 진보적이며 분석적인 예술가에게 가진 불만은, 그가 현대적인 변덕과 의심으로 가득한 예민한 등장인물을 그려낸다는 사실이다. 또한, 그가 회의론자나 자유연애주의자의 감상과 철학의 모든 미세한 차이를 여실히 보여 주는 데 자신의 상상력을 모두 쏟아 붓는다는 점이다. 그런 다음 문제의 주인공이 끝내 살아남아 살해당할 준비가 되었고, 주인공이 자기 성격을 낱낱이 드러내며 죽여 달라고 요구하고 있을 때, 말하자면 큰 소리로 울부짖고 있을 때 작가는 결국 그를 죽이지 않는다. 이것은 좋은 기회를 심각하게 낭비하는 일이며, 나는 앞으로 이런 오류가 바로잡히는 모습을 보았으면 한다.

탐정소설은 어떻게 쓰는가

How to Write a Detective Story — 《G. K.'s Weekly》(1925)

내가 탐정소설을 쓰는 데 실패했음을 완전히 자각하고 있는 사람으로서 이 글을 쓴다는 점을 이해해 주길 바란다. 나는 매우 여러 번 실패했다. 따라서 내가 내세우는 근거는 실업 문제나 주택 문제를 다루는 위대한 정치가나 사회학자의 근거처럼 실용적이며 과학적이다. 나는 어린 학생들을 위해 여기에 제시하는 이상을 나 자신이 이룬 척하지는 않겠다. 오히려 나는 그들이 피해야 하는 끔찍한 예이다. 그럼에도 불구하고 다른 모든 가치 있는 일들이 그렇듯이 탐정소설을 쓰는 데에도 이상적인 모습이 있음을 믿는다. 때문에 탐정소설 쓰는 법에 관한 책이, 성공하는 법처럼 가치 없는 수많은 것들을 하는 법에 대한 인기 있는 설교문학들 사이에 좀처럼 진열되지 않는 것이 의아하다. 이 글의 제목과 같은 책이 모든 가판대에서 우리를 말똥말똥 쳐다보고 있지 않은 것이 정말로 의아하다. 개성, 인기, 시, 매력과 같이 배움으로 터득할 수 없을 듯한 것들을 가르쳐 준다는 팸플릿들이 발행되고 있다. 심지어 배움으로 터득할 수 없는 게 확실한 문학과 저널리즘조차 부지런히 교육하고 있다. 하지만 분명하고 간단한 문학적 기교가 하나 있다. 창조적이라기보다는 구조적인 기교로, 어느 한도까지는 가르칠 수 있고 아주 운 좋은 경우에는 배울 수도 있다. 추측컨대 머지않아 그런 욕구는 상업적인 시스템으로 충족될 것이다. 공급이 수요에 즉시 답하지만 모든 이가 완벽히 불만족을 느끼며 자신이 원하는 것은 조금도 얻지 못할 듯한 시스템으로 말이다. 그리고 머지않아 범죄 수사관들을 가르치는 교재뿐 아니라 범죄자를 가르치는 교재도 등장하리라. 그런 교재는 금융 윤리학의 현재 어조에 살짝 변화를 가한 정도일 것이다. 그리고 영리하며 활기찬 사업가가 성직자들이 고안한 교리의 마지막 남은 영향력을 벗어나게 되면, 저널리즘과 광고는 오늘날의 터부에 중세 시대의 터부들을 대할 때와 동일한 무관심을 내보일 것이다. 강도질이 고리대금업처럼 설명될 것이며, 사재기를 쉬쉬하려 하지 않는 것처럼 목을 찌르고도 숨기려 하지 않을 것이다. 『15강으로 배우는 위조』와, 이혼과 산아 제한의 대중화만큼 과학적으로 독살이 대중화된 결과 『결혼의 불행을 왜 견디는가?』 같은 제목의 책들이 가판대에서 빛날 것이다.

그러나 자주 되새기게 되는 것처럼, 우리는 행복한 인간성의 도래를 재촉해서는 안 된다. 그리고 재촉하지 않는 동안에 범죄 조사나, 범죄가 조사되는 방식의 묘사에 대한 좋은 충고만큼이나 범죄를 저지르는 일에 관해서도 좋은 충고를 얻는 듯이 보인다. 나는 그 이유가 범죄, 추리, 묘사, 그리고 그 묘사에 대한 묘사가 모두 생각을 조금 요하는 반면, 성공하는 일과 성공에 대한 책을 쓰는 것은 결코 이런 지루한 경험을 필요로 하지 않는 점이라고 생각한다. 아무튼 나는 탐정소설의 이론에 대해 생각하기 시작할 때면 이론적이라 부를 수 있는 사람이 된다. 다시 말해, 생기, 활력, 혹은 기타 관심을 끄는 예술적 요소들이나 어떤 식으로든 독자를 동요시키거나 일깨우는 일은 처음엔 염두에 두지 않는다.

첫 번째이자 근본적인 원칙은, 미스터리 소설의 목적은 다른 부류의 작품들과 여느 미스터리 작품들의 목적이 그렇듯이 어둡게 가리는 것이 아니라 빛을 비추는 것이라는 점이다. 미스터리 이야기는 독자가 이해하게 되는 순간을 위해 쓰인다. 독자가 아직 이해하지 못하고 있는 수많은 사전 설명 단계를 위해 쓰이는 것이 아니다. 독자가 이해하지 못하고 있는 상황은, 깨달음의 순간이라는 광명을 끌어내기 위한 구름의 어두운 윤곽을 의미할 뿐이다. 형편없는 탐정 이야기들 대부분이 형편없는 까닭은 이 부분에서 실패하기 때문이다. 그런 작가들은 독자를 당황하게 하는 것이 자신들의 사명이라는, 그리고 독자를 당황하게 하는 한 독자를 실망시킨다 한들 상관없다는 이상한 생각을 품고 있다. 하지만 비밀을 숨기는 일만이 필수적인 것은 아니다. 비밀을 갖추는 것, 더불어 숨길 만한 가치가 있는 비밀을 갖추고 있는 것도 중요하다. 이야기의 절정이 용두사미로 끝나게 해서는 안 된다. 독자를 이리저리 끌고 다니다가 도랑에 빠뜨려서는 안 되는 것이다. 절정은 그저 거품이 터지는 순간이 아니라 오히려 동이 트는 순간이어야 한다. 어둠은 새벽을 강조할 뿐이다. 아무리 하찮아도 모든 예술은 어떤 심오한 진실들을 재차 언급하고 있다. 비록 우리가 고작 올빼미처럼 둥근 눈으로 쳐다보는 한 무리의 왓슨들을 상대한다 해도, 어둠 속에 앉아 있던 저들이야말로 커다란 빛을 목격한 사람들이라고, 그리고 어둠은 커다란 빛을 마음속에 생생하게 밝혀 줌으로써 가치가 있는 것이라고 주장할 수 있다. 셜록 홈즈 시리즈 중 최고의 이야기가 이런 근원적인 빛을 표현하려고 고안되었을지 모르는 제목을 달고 있다는 점은 내게 항상 즐거운 우연의 일치로 느껴진다. 비록 전혀 다른 용도와 의미로 쓰이긴 했지만 말이다. 그 제목은 이렇다. 「실버 블레이즈」[1].

두 번째 중요한 원칙은, 탐정소설의 혼은 복잡함이 아니라 단

1 1892년에 발표된 단편. '실버 블레이즈'는 이 단편에서 경주마의 이름이지만, 해석하자면 '은빛 광휘'라는 뜻이다.

순함이라는 것이다. 비밀은 복잡한 듯 보일지 모르지만 사실 단순해야 하며, 또한 더 큰 미스터리들의 상징이기도 하다. 작가는 미스터리를 풀이하기 위해 존재하지만, 그 풀이를 다시 설명해야 할 필요는 없다. 풀이는 그 자체로 이해되어야 한다. 몇 마디 속삭임이나(물론 범인이 속삭인다), 가급적이면 여주인공이 2 더하기 2는 4인 것처럼 어떤 자명한 사실을 뒤늦게 깨닫고 그 충격으로 기절하기 전에 내지르는 말로 설명되어야만 한다. 오늘날 어떤 작품의 탐정들은 진상 해명을 그 미스터리보다, 그리고 범죄를 그 해명보다 더 복잡한 것으로 만든다.

세 번째로, 모든 것을 설명하는 사실이나 인물은 가능한 한 친숙한 사실 혹은 인물이어야 한다. 범죄자는 전면에 드러나 있어야 한다. 범인 입장으로서가 아니라, 이 범인을 자연스럽게 전면에 드러나게 해 주는 다른 역으로서 말이다. 간편한 예로 이미 인용했던 작품을 들어 보겠다. 「실버 블레이즈」 말이다. 셜록 홈즈는 셰익스피어만큼이나 친숙하니 지금 이 유명한 이야기에 나오는 한 가지 비밀을 밝혀도 부당하지는 않으리라. 귀중한 경주마가 도난당했으며, 그 말을 지키는 조련사가 도둑에게 살해당했다는 소식이 셜록 홈즈에게 전해진다. 당연하게도, 다양한 인물이 도둑이자 살인범으로 그럴싸하게 의심을 받고, 모든 이가 누가 조련사를 죽일 수 있었는가라는 심각한 범죄에 집중한다. 진실은 단순하게도 말이 그를 죽인 것이었다. 내가 이 이야기를 사례로 드는 이유는 그 진실이 매우 단순하기 때문이다. 진실은 더없이 분명하다.

어쨌든 요점은 그 말이 매우 노골적으로 드러나 있다는 것이다. 이 작품에는 말의 이름을 딴 제목이 붙어 있다. 이야기도 전부 말에 대한 것이다. 말은 내내 전면에 드러나 있다. 다만 언제나 다른 역으로 등장하고 있을 뿐이다. 커다란 가치가 있는 존재였을 때 그 말은 독자들에게 우승 후보였다. 그리고 범인이었을 때는 다크호스였다. 이 작품은 보석이 또한 흉기가 될 수 있음을 우리가 잊고 있는 사이에 말이 보석 역할을 대신하는 절도 이야기이다. 내가 이런 창작물에 규칙을 세워야 한다면, 가장 먼저 제안할 규칙들 중 하나가 바로 그러한 점이다. 일반적으로 행위자는 친숙하지만 낯설게 기능하는 것이어야 한다. 우리가 깨닫게 되는 것은 이미 인식하고 있던 것이어야 한다. 말하자면 미리 알려져 있어야 하며 두드러지게 드러나 있던 것이어야 한다. 그렇지 않고 그저 진기하기만 한 것에는 놀라울 것이 없다. 기대할 만한 가치가 없는 것이라면 그것은 아무리 예상치 못한 것이라 한들 소용이 없다. 하지만 어떤 이유로 전면에 드러나야 하며 또 다른 이유에 부응해야 한다. 범죄를 저지른다는 본격적인 임무 외에, 범인의 존재를 뒷받침할 설득력 있지만 혼동을 야기하는 이유를 찾아내는 것은 미스터리 소설을 쓰는 기교나 요령에서 상당히 중요한 점이다. 미스터리 작품들은 범인을 대부분 범죄를 저지르는 것 외에는 명백히 아무 할 일이 없이 빈둥거리게 하여 실패하고 만다. 범인은 대개 유복하다. 그렇지 않으면 공정하고 평등한 법에 따라 살인자로 체포되기 훨씬 전에 부랑자로 체포되었을 것이다. 우리는 무의식적인 배제 과정을 거쳐, 빠른 속도로 그런 인물을 의심하는 단계에 도달하곤 한다. 일반적으로 우리가 그런 인물을 의심하는 까닭은 그저 그자가 이제까지 의심을 받은 적이 없기 때문이다. 어떤 인물이 중죄를 저지를 의도가 없다는 전제하에 등장했을지도 모른다고, 뿐만 아니라 작가도 그 인물을 극악하지 않은 의도로 등장시켰다고 잠시 독자로 하여금 믿게 만드는 것이 묘사의 기술이다. 탐정소설은 게임이기 때문이다. 그리고 그 게임에서 독자는 범인과 겨루는 것이 아니라 사실 작가와 겨루고 있는 것이다.

이런 종류의 게임에서 작가가 기억해야 하는 것은, 독자가 때로 진지하거나 현실적으로 연구할 때처럼 다음과 같이 말하지는 않으리라는 점이다. "어째서 그 녹색 안경을 쓴 측량사는 나무에 올라가서 여의사의 뒷마당을 조사했던 거죠?" 독자는 서서히, 그리고 필연적으로 이렇게 물을 것이다. "어째서 작가는 그 측량사가 나무를 올라가게 만든 거죠? 애초에 왜 측량사를 등장시킨 거죠?" 독자도 좌우간 마을에는 측량사가 필요하다는 점을 인정할지도 모른다. 이야기에 그 측량사가 좌우간 필요하다는 점은 인정하지 않아도 말이다. 이야기에(그리고 나무에) 측량사가 어째서 존재해야 하는지를 설명하는 일은 필수적이다. 시의회가 왜 그를 거기로 보냈는지 암시할 뿐만 아니라 작가 역시 왜 그를 거기에 등장시켰는지도 암시해야 한다. 측량사가 저지르고자 했을지도 모르는 소소한 범죄들에 더하여, 그는 이야기 속 인물로서 다른 명분도 미리 확보해야 한다. 현실 세계의 불행하고 물질적인 인간이 지닌 명분만이 아니라, 자신의 진짜 적인 작가와 숨바꼭질을 하면서 독자의 직관은 늘 의심을 품고 이렇게 말한다. "그래요, 나는 측량사가 나무를 오를 수도 있다는 점을 알고 있어요. 나무들이 있다는 사실도, 측량사들이 있다는 사실도 분명히 알고 있습니다. 하지만 당신은 그들로 뭘 하는 겁니까? 왜 당신은 하필 이 측량사로 하여금 하필 이 이야기에서 하필 이 나무에 오르도록 했냐는 말입니다, 이 교활하고 심술궂은 작자여?"

이것을 나는 기억해야 할 네 번째 원칙이라고 부르겠다. 다른 경우라면, 사람들은 아마 이 원칙이 실용적이라는 사실을 깨닫지 못할 것이다. 왜냐하면 이 네 번째 원칙이 기반으로 하고 있는 원칙들이 이론적으로 들리기 때문이다. 예술 분류에 따르면 수수께끼 같은 살인은 재담이라 불리는 것들의 당당하고 흥겨운 일파에 속해 있고, 이 네 번째 원칙은 이 같은 사실에 의존하고 있다. 이야기는 가짜이다. 명백히 허구인 픽션이다. 매우 인위적인 예술이라고 할 수 있을지도 모른다. 나는 아이들이 바라는

'척하는' 장난감이라고 하겠다. 따라서, 그저 어린아이이기에 매우 정신이 말똥말똥한 독자는 장난감뿐 아니라 장난감의 제작자이자 속임수를 만들어 낸 작가인 보이지 않는 놀이 친구도 의식하고 있다는 결론이 내려진다. 순진한 아이는 매우 예리하며 많은 것에 의혹을 느낀다. 그리고 속임수를 부릴 이야기의 창조자를 위해 내가 되풀이하는 중요한 규칙들 중 하나는 이렇다. 정체를 숨긴 살인범은 그저 이 세상에 있어야 한다는 현실상의 자격이 아니라 그 장면에 있어야 한다는 예술적 자격을 가져야만 하는 점을 기억하는 것이다. 범인은 단순히 업무차 그 집을 방문하는 것이 아니라 그 이야기 속의 어떤 일 때문에 방문해야만 한다. 이는 동기 면에서 이 방문자의 문제일 뿐만이 아니라 작가의 문제이기도 하다. 이상적인 미스터리에서 이런 범인은 작가가 자신을 위해 만든 인물이거나, 이야기가 다른 필수적인 부분들에서도 굴러가게끔 창조한 인물일 수 있다. 그러고는 명백하고 당연한 이유에서가 아니라 부차적이며 은밀한 이유 때문에 현재 그 장면에 있음이 밝혀져야 한다. 이런 이유로 나는 '연애 상대'에 대한 냉소에도 불구하고, 옛스러운 감정이며 지지부진하기 짝이 없는 빅토리아 시대 풍 화법에는 논할 만한 것이 아주 많다는 점을 덧붙이겠다. 어떤 이는 연애를 지루하다 할지 모르지만, 눈가림으로는 성공적일지도 모른다.

마지막으로, 모든 문학처럼 탐정소설도 하나의 아이디어로 시작하지만, 그 아이디어를 찾기 위해서 시작하는 것은 아니라는 원칙이 있다. 이 원칙은 탐정소설의 보다 더 구체적이고 기계적인 세부 사항들에 적용된다. 이야기가 수사에 달려 있으면, 비록 탐정은 바깥쪽에서부터 접근한다 해도 작가는 안쪽에서 시작해야 할 필요성이 있다. 이런 유형의 이야기에서 좋은 난제들은 모두 한 가지 분명한 개념에서 비롯된다. 그 자체는 간단한 개념으로, 일상의 어떤 사실을 작가는 기억할 수 있고 독자는 잊어버릴 수 있다는 것이다. 하지만 어쨌든 이야기는 진실을 기반으로 해야 한다. 비록 그 진실에 아편이 더해질 수 있다 해도, 진실은 그저 아편에 취한 꿈이어서는 안 되는 것이다.

이상적인 탐정소설

The Ideal Detective Story — 《The Illustrated London News》(1930)

문제 소설의 문제에 대한 논쟁이 일부 재개되었다. 이런 이야기는 때로 경찰 소설이라고도 불리는데, 주로 약간 불공정하게 평가 절하된 경찰에 대해 다루기 때문이다. 내가 알기로 로날드 녹스 신부[1]는 그런 종류의 이야기 모음집에 대단히 흥미로운 서문을 쓰기도 했다. 그리고 『비키 반』이라는 감탄스러운 미스터리의 작가인 캐럴린 웰스 여사[2]는 이 주제에 대한 논고를 재출간했다. 탐정소설에 대해 숙고할 때 거의 불가피하게 배제되는 탐

1 1888~1957. 대주교이자 추리소설 작가로 유명하다. 체스터튼과 함께 추리 클럽의 일원으로 추리 규칙을 만들기도 했다.

2 1862~1942. 미국 작가이자 시인.

정소설의 한 측면이 있다. 이런 유형의 이야기들은 일반적으로 가볍고 선정적이며 어떤 면에서는 피상적이라는 점을, 나는 대부분의 사람들보다 잘 알고 있다. 나 자신이 그런 글들을 써 왔으니까. 만일 내가 이론상 이상적인 탐정소설이라고 할 수도 있는 다른 무언가가 있다고 한대도, 내가 그런 작품을 쓸 수 있다는 의미는 아니다. 그것을 이상적인 탐정소설이라 부르는 이유는 내가 그것을 쓸 수 없기 때문이다. 여하튼 나는 그런 이야기가 선정적이어야만 하는 한편으로 반드시 피상적일 필요는 없다고 생각한다. 실제로 흔한 일은 아니지만 이론적으로는, 깊은 철학과 섬세한 심리가 담긴 정교하고 창조적인 소설을 쓰면서 선정적이고 자극적인 형태로 내놓는 일이 가능하다.

탐정소설은 다음과 같은 점에서 다른 소설들과 다르다. 바로 독자가 스스로 바보라고 느낄 때만 행복하다는 점이다. 보다 철학적인 작품들을 읽고 나면 독자도 철학자가 된 듯이 느끼고 싶어질지도 모른다. 그러나 자신을 바보로 보는 관점이 더 건전하며 더 정확할 수 있다. 갑작스럽게 무지를 벗어난다면 겸손해지는 데 도움이 되지 않을까. 이는 상황 자체의 본질이 아니라 그 상황들이 밝혀지는 순서에 달려 있다. 결코 의심한 적이 없지만 그럼에도 사실임을 알아차릴 수 있는 진실과 갑작스럽게 맞닥뜨리게 되는 데에 미스터리 이야기의 정수가 있다. 논리적으로 봤을 때 이렇게 밝혀진 진실이 얄팍하고 상투적인 진실만큼이나 심오하며 설득력 있는 진실이 되지 못할 이유도 없다. 알고 보니 악당인 주인공, 혹은 알고 보니 주인공인 악당이, 인간사를 다루는 소설의 주인공처럼 인간 성격의 심오한 미묘함과 복잡함의 전형이 되지 못할 이유가 없다. 이 경찰 소설들의 우연찮은 태생상 모순에 대한 관심이 사실은 독살범인 점잖은 가정교사나, 사람들의 목을 따고 다니며 마을을 피로 붉게 물들이는 따분하고 개성 없는 점원에 대한 관심보다 더 오래가지 않는 것일 뿐이다. 인간의 본성에는 훨씬 더 수준 높고 훨씬 더 신비로운 체계의 모순들이 존재한다. 그런 모순들이 충격을 가져다주는 방식으로 탐정소설에 등장하지 말아야 할 이유는 전혀 없다. 세상에는 전깃불만 있는 것이 아니라 전기 충격도 있으며, 심지어 그 충격은 주피터의 번개가 내린 것일지도 모른다. 그리고 앞서 말했듯이 사건의 순서가 중요하다. 먼저 범죄와 연관을 짓기가 힘든 인물의 측면이 제시돼야 한다. 그다음에는 이와 정반대되는 범죄가 묘사되어야만 한다. 그런 뒤에 평범한 탐정이 잔디밭에 떨어진 담배꽁초나 내실의 압지철에 생긴 붉은 잉크 자국을 통해 진실을 찾았다고 설명하는 지점에서 이 둘의 심리적인 조화가 이루어져야 한다. 그러나 심리적 조화가 이루어졌을 때 사건의 본성에 그 설명을 저해할 만한 요소가 하나도 없어야 한다. 또한 그 설명이 경찰에게 설득력이 있듯이 사건의 본성은 심리학자에게 설득력이 있는 것이어야 한다.

예를 들어 몇몇 대단히 훌륭한 소설에서는 인물들이 기괴하고 끔찍한 모순이라 불린대도 무리가 아닐 법한 행동을 하기도 한다. 무작위로 두 가지만 골라 보겠다. 『더버빌 가의 테스』[3]의 결말부에서 우리는 테스처럼 인정 많은 여자가 살인을 저질렀다는 사실을 용케 확신하게 된다. 『크로스웨이즈의 다이애나』[4]의 결말부에서는 다이애나처럼 착한 여자가 정치적 기밀을 팔아먹었음을 대체로 확신하게 된다. 후자에서 대체로라고 말한 이유를 고백하건대, 나는 이 작품이 그런 면에서 조금 수준이 떨어지는 사례라고 생각하기 때문이다. 나는 다이애나 메리언이 《타임스》 사무실에서 무얼 하고 있었는지 모르겠다. 작가 메러디스가 다이애나에게 무엇을 시키려고 했는지 모르겠다. 다만 메러디스만은 다이애나의 의도를 이해하고 있었으리라 추측할 뿐이다. 아무튼 그에게 동기가 있었다고 한다면, 그것은 지나치게 섬세했고 평범한 선정소설에서처럼 단순하지 않았다고 확신할 수 있을지도 모르겠다. 이 두 경우에서 테스와 다이애나가 저런 범죄들을 저질렀다는 사실을 대체로 받아들이게 될 때까지 우리는 그들의 생애를 좇게 된다. 그런데 이야기가 반대순으로 펼쳐지면

3 1891년에 발표된 토마스 하디의 소설.

4 1885년에 발표된 조지 메러디스 소설.

안 될 이유는 없다. 이 인물들과 전혀 일치시킬 수가 없는 범죄가 먼저 드러난 다음, 결말 부분에서 폭로하듯이 그 둘을 일치시키는 순서여서는 안 될 이유가 없는 것이다. 처음엔 다른 사람이 기밀을 넘겼거나 사람을 죽였다고 의심을 받을지도 모른다. 그러나 추측컨대, 하디가 아무도 죽이지 않은 누군가의 목을 매달아 음울한 위안을 받았을 수 있지만, 그렇더라도 하디는 어떻게 해서든 테스를 교수대로 몰아세웠을 것이다. 한편, 메러디스의 작품 속 인물들은 대다수가 기밀을 넘겼을 테다. 그들이 너무 독창적으로 재치 있게 누설하는 바람에 기밀이 여전히 기밀로 남았을지도 모르지만. 요즘은 (감히 말하건대) 하디가 다소 과대하게 예찬받는 것을 상쇄하듯이 메러디스는 다소 이상할 정도로 홀대당하는 것처럼 보인다. 아무튼 이 작가들보다 더 오래되고 더 명백한 사례들도 있다.

이를테면 셰익스피어가 있다. 그는 두서너 명의 지극히 호감이 가고 동정할 수 있는 살인자들을 창조했다. 우리는 그저 그들의 상냥한 마음이 천천히, 부드럽게 살인자의 마음으로 변해 가는 모습을 지켜보기만 할 수 있을 뿐이다. 오셀로는 말하자면, 순수한 애정으로 자신의 아내를 암살하는 다정한 남편이다. 우리는 발단부터 알고 있기 때문에 그 관계를 보고 모순을 받아들일 수 있다. 그러나 이야기가 데스데모나가 시체로 발견되고, 이아고 혹은 카시오가 먼저 의심을 받으며, 오셀로는 가장 의심

받지 않을 만한 사람인 채로 시작한다고 생각해 보라. 이런 경우라면 『오셀로』는 탐정소설이 될 수도 있을 것이다. 주인공이 마침내 털어놓은 진실이 주인공의 본성과 모순 없이 일치하는 진정한 탐정소설이 되리라. 또한 햄릿은 가장 사랑스럽고 심지어 평화적이기까지 한 인물이다. 우리는 어쩌다가 커튼 뒤에 숨어 있던 돼지 같은 늙은 바보를 찌르는 결과를 초래한 그의 예민하고 성급한 행동을 용서하게 된다. 그러나 폴로니어스의 시체 위로 막이 올라가고, 로젠크랜츠와 길든스턴이 무대에서 사람을 죽이는 데 익숙한, 부도덕한 주연배우[5]를 곧바로 의심한다고 생각해 보자. 반면에 호라시오나 다른 기민한 인물은 클라디우스 혹은 무모하고 부도덕한 레티어스가 또 다른 범죄를 저질렀다고 의심하는 내용으로 시작한다고 말이다. 그러면 『햄릿』은 깜짝 놀랄 만한 이야기가 될 것이며, 햄릿의 죄도 충격으로 다가올 것이다. 하지만 그것은 진실이 주는 충격이리라. 성적인 소설만이 충격을 주는 건 아니다. 이럼에도 불구하고 셰익스피어 작품의 인물들이 이해하기 쉽고 수미일관하는 이유는 우리가 그 인물들의 상반되는 측면들을 가져와 하나로 엮기 때문이다. 오셀로 이야기는 '베개 살인 사건' 같은 제목이 붙어 야한 표지로 출간될

5 햄릿이 준비한 연극에서 왕의 귀에 독을 흘리는 살인자 역을 맡은 극단 배우.

수도 있다. 그래도 여전히 진지하고 설득력 있는, 동일한 사건일 것이다. 폴로니우스의 죽음은 '사라진 쥐새끼 미스터리'로 가판대에 등장하여, 평범한 탐정소설의 형태를 취할 수 있다. 그래도 어쩌면 이상적인 미스터리 소설이 될지도 모른다.

또한 이런 이야기의 핵심인 폭력적이고 갑작스러운 전환에 저속한 것이 있을 필요는 없다. 인간 본성의 모순은 기실 끔찍하고 마음을 동요시키는 데다, 임종의 순간과 심판의 날처럼 중대한 국면을 묘사할 때와 같은 어조로 언급된다. 그 모순들이 전부 순수한 어둠은 아니지만, 일부는 빛과 어둠의 근원적인 대조에 의해 생겨난 매우 끔찍한 그림자를 드리우고 있다. 범죄와 자백은 둘 다 벼락과 같은 재난일 수 있다. 사실, 이상적인 탐정 소설은 어느 정도 훌륭한 일을 하는지도 모른다. 사람들로 하여금 세상이 온통 굴곡지지만은 않았으며, 번개처럼 삐죽빼죽하거나 검처럼 곧은 것들도 있음을 이해하게끔 만든다면 말이다.

농담 혹은 진실

해골에 대한 옹호

A Defence of Skeletons — 『The Defendant』(1901)

얼마 전에 나는 한 무리의 이그드라실[1]들처럼 별을 쥘 것만 같은, 까마득한 옛날부터 존재해 온 영국 나무들 사이에 서 있었다. 나는 이 살아 있는 기둥들 사이를 거닐다가 이것들과 아주 가까이에서 살아가며 죽음을 맞이하는 여기 사람들이 매우 흥미로운 대화체를 구사함을 점차 눈치채게 되었다. 이곳 사람들은 이 나무들에 대해 끊임없이 사과하고 있는 것만 같았다. 마치 나무들이 아주 볼품없다는 듯이 말이다. 나는 세밀하게 관찰한 끝에 사람들의 우울하고 참회 어린 어조는 지금이 겨울이고 모든 나무가 벌거벗고 있다는 사실 때문임을 깨달았다. 나는 지금이 겨울이라는 사실에 분개하지 않으며 이미 닥쳐와 있던 걸 알고

1 북유럽 신화에서 최고신 오딘이 심었다는 세계수 혹은 우주수.

있고, 그들이 아무리 사전에 주의를 기울였던들 이 운명의 타격을 피할 수는 없었을 것이라고 장담했다. 하지만 아무리 해도 그들로 하여금 지금이 겨울이라는 사실을 받아들이게 할 수가 없었다. 내가 망신스럽게 거의 벌거벗다시피 한 나무들을 포착했으며, 나무들은 마치 태초의 죄인들처럼 잎으로 몸을 가릴 때까지 보여선 안 된다는 보편적인 정서가 존재했던 것이다. 따라서 나무들이 겨울에 어떤 모습을 보이는가에 대해 조금이라도 아는 것 같은 사람은 극히 적으며 동시에 삼림지 거주자들은 누구보다 아는 게 없음이 분명하다. 줄지은 이 나무들은 벌거벗었을 때 거칠고 무서워 보이는 게 아니라, 오히려 희한할 정도로 울창해 보이며 애매모호한 상태를 이룬다. 숲의 가장자리는 마치 비네트[2]처럼 녹아 사라진다. 높은 나무 두세 그루의 꼭대기는 잎이 없을 때면 아주 부드러운 형태를 띠어, 마치 하늘에서 거미줄을 쓸어내고 있는 이야기 속 부인[3]의 거대한 빗자루처럼 보인다. 상대적으로 잎이 무성한 숲은 윤곽이 너무 선명하고 짙고 얼

2 배경 또는 윤곽을 흐리게 한 그림이나 사진.

3 전래동요인 마더구스 중 〈바구니 속의 노파(The Old Woman in a Basket)〉에 나오는 노파를 말한다. 화자는 바구니를 타고 높이 날아가고 있는 노파가 손에 빗자루를 든 것을 보고 어디로 가느냐고 묻는다. 그러자 노파는 하늘에서 거미줄을 쓸어내려고 간다고 대답한다.

룩덜룩하다. 밤의 구름도 저 초록빛의 거대한 구름이 나무를 가리는 만큼 달을 가리지는 않으리라. 잿빛과 은빛을 띤 생명의 바다가 흐르는 작은 숲은 실제로 완전히 겨울의 풍경을 띠고 있다. 반짝거리는 어스름과 같은 겨울 숲의 심장부는 그토록 어둠침침하면서도 섬세해서, 가지각색으로 펼쳐지는 이 황혼 속에서 어떤 형체가 우리 쪽으로 한 걸음 내디딜 때면, 마치 헤아릴 수 없이 깊은 거미줄을 헤치고 나오는 듯하다.

나무의 가장 품위 있는 부분이 잎이라는 건 확실히 천박한 생각으로, 피아니스트의 가장 품위 있는 부분은 머리카락이라는 생각과 마찬가지다. 기운찬 수도사인 겨울이 자신의 거대한 면도날을 언덕과 계곡에 휘둘러 모든 나무를 수도승의 머리처럼 밀어 버리는 시기에 나무들이 깎여 있으면 확실히 그 어느 때보다 더 나무답게 느껴진다. 그토록 많은 화가와 음악가가 보다 덜 걸레자루 같은 머리를 하고 있을 때 더욱더 사람다운 것처럼. 하지만 사람이 자신을 이루고 있는 구조, 혹은 자신이 사랑하는 것들의 구조에 변치 않는 공포를 품고 있다는 점은 깊고 본질적인 난점인 것 같다. 이런 감정은 나무의 뼈대에 대한 태도에서 희미하게 느껴진다. 사람의 뼈대에 대한 태도에서는 극심하게 느껴진다.

인간의 해골은 대단히 중요하고, 따라서 일반적으로 해골을 무서워한다는 사실은 다소 불가사의한 점이다. 우리는 인간의 해골을 두고 매우 전통적으로 아름답다고 주장하지는 않더라도, 해골이 결코 인기가 시들지 않는 불도그보다 더 못생기지는 않았으며, 훨씬 더 명랑하고 애교 있는 표정을 지녔다고 주장할 수는 있다. 하지만 사람은 겨울에 나무의 뼈만 남은 가지를 이상하게 부끄러워하듯이 사후에 남을 자신의 해골을 이상하게 부끄러워한다. 사물을 이루는 뼈대에 대한 이러한 공포는 매우 기이하기 짝이 없다. 혹자는 자연이 해골로부터 도망치는 인간 앞에 기이하고 대처할 수 없는 장애물을 세워 놓았기 때문에 해골을 두려워하는 것은 인간의 가장 현명치 못한 점이라 생각할지도 모른다.

이런 공포에는 한 가지 이유가 존재한다. 해골이 죽음을 상징한다는 이상한 생각이 인류에게 나쁜 영향을 끼치고 있는 것이다. 차라리 공장 굴뚝이 파산의 상징이라 말하는 편이 낫겠다. 어쩌면 공장은 파괴된 뒤 적나라하게 드러나며, 해골은 신체가 와해된 뒤에 적나라하게 노출되는지도 모른다. 하지만 양쪽 다 도르래를 삐걱삐걱 움직이고 바퀴를 돌리면서, 생명의 집에서와 같이 생계를 꾸려가는 집에서도 활기차고 솜씨 좋은 삶을 영위했다. 이런 피조물(예술적으로는 새로울 듯한), 살아 있는 해골이 삶의 본질적인 상징이 되지 못할 이유가 없다.

진실은 해골에 대한 인간의 공포가 절대로 죽음에 대한 공포를 의미하지 않는다는 것이다. 인간은 대체로 죽음에는 거부감이 없지만 품위가 상실되는 일은 매우 심각하게 거부한다는 점을 별스러운 자랑거리로 삼고 있다. 따라서 해골이 인간을 근본적으로 괴롭히고 있는 부분은, 인간에게 자기 외모의 근간이 수치스럽게도 기괴하다는grotesque 사실을 상기시키는 점이다. 나는 인간이 왜 여기에 반발해야 하는지 모르겠다. 인간은 고상한 척하지 않는 세상에 기꺼이 자리를 잡고 있다. 즐기고 있고, 활동하고 있고, 조롱을 날리고 있는 세상에. 인간은 수백 마리의 동물들이 필요할 때면 상당히 경박하게 멋을 내며, 더없이 기괴한 형태에 몹시 기이한 뿔이며 날개며 다리와 같은 부속물들을 장착하고 다니고 있음을 알고 있다. 개구리의 기분이 좋음을, 하마가 불가사의한 행복함을 느끼고 있음을 안다. 그가 아는 우주 전체가 몸에 비해 머리가 너무 큰 미세한 생물에서부터 머리에 비해 꼬리가 너무 큰 혜성에 이르기까지 터무니없는 것투성이다. 그럼에도 자기 안의 매혹적인 특이성에 이르면 인간의 유머 감각은 다소 갑작스럽게 자신을 저버린다.

중세 시대와 르네상스 시대(시기와 여타 측면에서 보자면 훨씬 더 암울한 때였다)에 해골에 대한 이러한 생각은 세속적인 허식의 오만함을, 그리고 덧없는 쾌락의 향기로움을 동결시키는 데 막대한 영향을 미쳤다. 하지만 한낱 죽음에 대한 두려움 때문에 이렇게 된 것은 확실히 아니었다. 이 시기야말로 사람들이 노래하는 죽음을 만나러 갔던 때이니까. 아름다움과 긍지라는 이

미숙한 오만함을 시들게 한 것은, 인간의 활짝 웃고 있는 못생긴 해골이 수치스럽다는 생각이었다. 그리고 확실히 이런 생각은 해를 끼치기보다는 좋은 점이 더 많았다. 젊음만큼 차갑고 냉혹한 것도 없으며, 귀족 계급과 그 시대 사람들은 청춘을 흠 잡을 데 없는 가치이자 성공이 끝없이 지속되는 절정의 시기로 여겼다. 이는 운수를 주관하는 별들의 냉소를 떠올릴 필요가 있었던 것이었다. 이 대담한 속물들이 최소한 심술궂은 장난 하나만 당해도 자신들은 쓰러질 것임을, 활짝 웃고 있는 그 덫에 빠지면 다시는 일어나지 못할 것임을 납득했다는 점은 다행이었다. 이들이 자기 존재를 이루는 모든 구조물이 돼지나 앵무새의 그것처럼 건전한 익살스러움을 띠고 있다는 점까지 깨달으리라 기대할 수는 없었다. 출산이 해학적임을, 늙는 것이 해학적임을, 술마시고 싸우는 것이 해학적임을 알기엔 이들은 너무도 어리고 진지했다. 하지만 적어도 죽음이 해학적이라는 사실은 깨우쳤다.

외국에는 우리가 자연이라 부르는 것의 가치와 매력이 자연의 아름다움에 있다는 독특한 생각이 존재한다. 하지만 징두리판벽[4]이나 리버티 사[5]의 커튼이 아름답다는 것과 같은 의미에

4 벽 하단에 다른 색을 칠하거나 다른 재질로 덧댄 장식적인 부분.

5 1875년에 설립된 영국 패션 브랜드.

서 자연이 아름답다는 사실은 자연의 매력 중 하나에 불과하며, 거의 부수적인 매력이다. 자연의 가장 고귀하며 가치 있는 특성은 그 아름다움이 아니라, 자연의 너그러우면서도 대담한 추함이다. 그 예를 백여 가지는 들 수 있다. 까마귀의 까악거리는 소음은 그 자체로는 런던 열차 터널의 지옥 같은 소리만큼이나 끔찍하다. 그러나 그 소리는 거친 친절함과 정직함을 발휘하여 트럼펫처럼 우리의 감정을 고양시킨다. 그리고 『모드』[6]에 등장하는 사랑에 빠진 화자라면 실제로 이 가공할 소음이 자신이 사랑하는 여자의 이름처럼 들린다고 믿을 수도 있으리라. 오직 장미와 백합만이 자연을 의미한다고 여기는 이 시인은 돼지가 꿀꿀대는 소리를 들은 적이 있을까? 이 소리는 인간에게 이로운 소음이다. 갇혀 있던 소음이 모든 배출구와 기관을 통과해 가늠할 수 없이 깊은 감옥을 뚫고 나와 강하게 킁킁 울리는 소리이다. 어쩌면 이 소리는 거대한 잠에 빠져 코를 고는 세상의 소리인지도 모른다. 가장 깊고 오래되었으며 건전하고 종교적인 자연의 가치—자연의 한없는 천진함에서 비롯된 가치가 바로 이것이다. 자연은 아이처럼 불안정하고 기이하며 진지하고 행복하다. 아기가 석판에 휘갈기는 형태들 같은 자연의 모든 형체를 볼 때 이런 분위기가 느껴진다. 단순하고 초보적이며, 예술이라 불리

6 영국 시인 앨프리드 테니슨(1809~1892)이 1855년에 출간한 시.

는 질병보다 까마득히 더 오래된 강렬한 그 형체들을 볼 때 말이다. 하늘과 땅의 사물들은 하나로 합쳐져 동화가 되는 듯이 보인다. 그리고 사물과 우리의 관계는 일순 아주 단순해 보여서, 이 투명함과 가벼움을 제대로 다루려면 춤추는 미치광이가 필요할 것이다. 내 머리 위로 솟은 나무는 웬 거대한 새가 한 다리로 서 있는 듯 가지를 퍼덕이고 있다. 달은 키클롭스[7]의 한쪽 눈 같다. 그리고 내 얼굴이 어두운 자만심이나 천박한 복수심, 혹은 비열한 경멸로 아무리 흐려진다 한들, 그 밑에 있는 내 해골은 영원히 웃고 있다.

7 그리스 신화에 나오는 외눈박이 거인.

못생긴 것들에 대한 옹호

A Defence of Ugly Things — 『The Defendant』(1901)

어떤 사람들은 다른 사람의 겉모습, 성별, 혹은 체격이 자신들에게 무의미하다고, 오직 마음과 마음의 교감에만 신경 쓴다고 말한다. 하지만 이런 사람들에 얽매일 필요는 없다. 아무리 자주 얘기된들 누구도 믿을 생각조차 하지 않는 말들이 있는 법이니까.

하지만 예를 들어, 이 세상 그 무엇도 포브스 로버트슨 씨[1]의 가장 친한 친구가 로버트슨 씨가 채플린 씨[2]의 모습으로 방에 들어선 것을 보더라도 어떤 놀라움이나 불안감을 겪지 않을 거라고는 우리를 설득할 수 없을 것이다. 한편으로는 외견에 끌

1 1853~1937. 영국의 배우이자 극장 지배인. 그가 연기한 햄릿은 당대 가장 뛰어난 연기로 기억되기도 한다.

린다는 자연스럽고도 보편적인 일과, 소위 육체적인 아름다움에 끌린다는 전혀 자연스럽지 않으며 조금도 보편적이지 않은 일 사이에는 혼란이 끊임없이 지속되고 있다. 아니, 보다 엄밀히 말하자면 육체적인 아름다움이라는 개념은 특정 종류의 육체적 아름다움으로 의미가 좁혀졌다. 클래펌[3]의 건설업자가 존경을 받는다고 해서 그에게 도덕적 매력이 있을 가능성이 사라진 건 아니듯이, 외적 매력이 존재할 가능성도 사라지지 않은 육체적 아름다움이라는 의미로.

이 문제에서 인류의 폭군이자 인류를 기만한 사기꾼은 그리스인이다. 문명에 대한 화려한 업적 때문에, 삶의 다양성을 거스른 엄청나고 끔찍한 그들의 죄를 완전히 눈감아 주어서는 안 된다. 놀라운 사실은, 유태인은 오랫동안 혐오를 받은 데다 엄중하고 편파적인 윤리적 기준을 가해 세상을 망쳤다고 비난받은 반면, 그리스인은 우리를 한층 더 끔찍한 고행—상상력을 금욕

2 본문에 제시된 채플린은 누구인지 정확히 알 수 없다. 이 에세이가 실린 『어떤 옹호(The Defendant)』에 대한 당시 《뉴욕 타임스》의 서평에 따르면, 이 책에 인용된 인물들이 널리 알려진 명사는 아니며 누구인지 정확히 알 수가 없다고 한다. 우리가 아는 배우 채플린의 경우 이 에세이가 출간되었을 무렵에는 아직 십대 소년으로 배우로서 명성을 얻기 전이다.

3 런던 교외 지역으로, 17세기 후반부터 점점 돈 있는 사람들이 이곳에 대주택을 짓기 시작했다. 철도가 놓이자 중산층은 여기서 런던으로 통근하기도 했다.

하는 고행, 오직 한 가지 심미적 유형에 대한 숭배에 전념케 했다는 점은 누구도 알아차리지 못했다는 것이다. 유태인의 엄격함은 적어도 상식을 기반으로 하긴 했다. 인간은 현실 세계에 살고 있으며, 혈족끼리 결혼하면 특정한 결과가 따를 수 있다는 점은 인지했다. 그렇다 하더라도 대조하고 통합하고자 하는 자신들의 본능을 아사하게 두지는 않았다. 유태인의 예언자들은 루이스 캐럴 식의 시끌벅적한 독창성으로 황소에겐 두 날개[4]를, 커룹[5]에겐 수많은 눈을 주었다. 하지만 그리스인은 자신들의 치안 유지 규율을 요정의 나라에 들여 놓았다. 지상의 실제 간통은 거부하지 않으면서 생각의 자유로운 결합은 거부했으며, 사상의 포고는 금했던 것이다.

그리스 신화 속 괴물들이 '벨베데레의 아폴론'[6]의 치명적인 영향력하에 점차 무력해지는 것을 바라보자면 놀라울 따름이다.

4 이 에세이가 실린 『어떤 옹호』는 인용 오류가 많다는 평을 받았는데, 그래서 원문 문장과 딱 들어맞지는 않지만 이 부분은 '루카 복음서'의 저자(Evangelist)인 루카가 날개 달린 황소로 표현되는 것을 가리키는 듯하다. 혹은 '에제키엘서'에 등장하는 네 장의 날개에 사람, 사자, 황소, 독수리의 얼굴을 가진 생물을 가리키는 것일 수도 있다.

5 성서에 등장하는 존재로, 예언자 에제키엘은 커룹을 '그들의 몸 전체, 등과 손과 날개와 바퀴에까지, 곧 네 커룹의 바퀴들에까지 사방에 눈이 가득하였다'라고 묘사했다.

키메라[7]는 건전한 정신을 가진 자라면 누구든 자랑스러워할 창조물이었다. 하지만 그리스 그림에 나타난 키메라를 볼 때면 우리는 그 목에 리본을 두르고 우유를 한 접시 주고 싶어진다. 그리스 미술과 시 속에 등장하는 거인이 여느 설화 속 거인만큼 정말로 크다고 느껴 본 적이 있는가? 어떤 스칸디나비아 설화에서는 한 영웅이 산등성이를 따라 수 킬로미터씩 걷는데, 결국 거인의 콧마루였음이 밝혀진다. 이런 거인이야말로 양심의 거리낌 없이 커다란 거인이라고 불러야 한다. 하지만 이런 지표를 뒤흔드는 상상은 그리스인을 겁먹게 했고, 그들의 두려움이 온 인류를 크기, 활력, 다양성, 에너지, 추함에 대한 자연스러운 애정에 겁먹게 했다. 자연은 할 수 있는 한 인간의 얼굴 각각을 개성 있고 표정이 풍부하며, 다른 이들의 얼굴과 구분되게 하려고 했다. 포플러 나무가 오크 나무와 다르며, 사과나무가 버드나무와 다르듯이. 하지만 네덜란드 정원사들이 나무에 한 일을 그리스인은 인간의 형체에 대고 저질렀다. 그들은 살아 있으며 제멋대로인 특징들을 깎아 내어 어떤 이론적인 모습으로 만들어 냈다. 원예를 할 때의 섬뜩하게 차분한 태도로 코를 쳐 내고 뺨을 다듬

6 아폴론을 조각한 대리석상으로 바티칸 궁전에 있다. 완벽하게 이상적인 비율의 몸매를 자랑하는 아름다운 석상으로 유명하다.

7 사자의 머리에 염소 몸통, 뱀 꼬리를 단 신화 속 괴물.

었다. 게다가 우리로 하여금 가장 강렬하고 매력적인 얼굴들을 못생겼다고, 가장 한심하고 혐오스러운 얼굴들을 아름답다고 부르게끔 만들었다. 이 수치스러운 중도中道, 품위라는 측은한 감각은 이스라엘의 형식적이고 실용적인 금욕주의보다 현대 문명의 영혼을 훨씬 더 깊숙이 좀먹었다. 유태인은 족쇄를 차고 있어도 춤을 추라고 했다. 그리스인은 아름다운 화병을 머리에 얹고 움직이지 말라고 했다.

성서에 이르기를 별들은 서로 그 광채가 다르다고 했으며,[8] 같은 개념이 코에도 적용된다. 어떤 얼굴이 밀로의 비너스[9]의 얼굴과 다르기 때문에 추하다고 주장한다면 그 얼굴을 완전히 곡해해서 바라보는 것이 된다. 자기와 다르게 생긴 사람에게 분개해야 하다니 이상하지 않은가. 남이 자신과 닮았다면 훨씬 더 격렬하게 분개해야만 하는 것이다. 이런 원리는 문학 비평을 충분히 망쳐 놓았다. 이런 문학 비평은 동화에 탄탄한 논리가 결핍되어 있다고, 3막짜리 광대극에 참된 웅변이 전혀 없다고 불평해대곤 한다. 하지만 다른 사람의 얼굴이 당사자의 영혼을 강렬

8 '해의 광채가 다르고 달의 광채가 다르고 별들의 광채가 다릅니다. 별들은 또 그 광채로 서로 구별됩니다(코린토 신자들에게 보내는 첫째 서간 15:41)'를 가리킨다.

9 고대 그리스의 조각으로, 1820년 키클라데스 제도의 하나인 밀로 섬의 한 농부가 발견했다. 완벽한 균형미로 미의 전형이라 일컬어진다.

하게 표출한다는 이유로 못생겼다고 한다면 이는 양배추에게 두 다리가 없다고 불평하는 거나 마찬가지다. 만일 우리가 그렇게 불평한다면, 양배추가 취할 수 있는 유일한 방책은 우리가 머리부터 발끝까지 아름다운 녹색을 띠고 있지 않다는 점을 혹독하게, 하지만 일말의 진실을 담아 지적하는 것이리라.

하지만 미에 대한 이런 딱딱한 이론은 세상의 예술을 그저 명목상 정복했을 뿐 실제로는 정복하질 못했다. 사실 어떤 지역에서는 결코 지배해 보지 못했다. 중국의 용이나 일본의 신들을 한 번 보면 동양인들이 얼굴과 신체의 규율에 대한 관습적인 개념과 얼마나 동떨어져 있었는지 알 수 있다. 참된 아름다움과 부릅뜬 눈, 제멋대로 뻗은 발톱, 크게 벌린 입과 요동치는 똬리가 그들에게 얼마나 뜨겁고 강렬한 즐거움이었는지도 알 수 있다. 중세 시대에 사람들은 그리스의 미적 표준에서 벗어나, 춤추는 유인원과 악마 들이 살고 있는 듯 보이는 천상의 거대한 탑을 흠모하면서 정신이 고양되었다. 예술의 기술적 성취가 절정에 도달한 시기에 이 반란은 인간의 얼굴에 대한 연구를 사실상 완성했다. 렘브란트가 인간은 그리스 신처럼 보일 때가 아니라 곤봉처럼 강하고 평평한 코, 투구처럼 각진 머리, 강철로 만든 덫처럼 생긴 턱을 가졌을 때 위엄이 있다고, 건실하며 남자다운 복음을 선언했던 것이다.

이런 예술 분파는 흔히 그로테스크하다고 묵살당한다. 사람들에게 고상한 예술적 즐거움을 안겨 주고 있는데 왜 웃음을 살 만큼 수치스러운 것이 되는지 우리는 이해하지 못한다. 거리에서 우리를 본 신사가 그 존재에 대해 생각해 봤을 뿐인데 갑자기 눈물이 터졌다면 이는 마음을 심란하게 만드는 모욕적인 일이라 생각될 수 있다. 하지만 웃음은 모욕적인 것이 아니다. 사실 '그로테스크'[10]라는 표현은 예술적 추함을 잘못 묘사하는 말이다. 중국의 용이나 고딕 양식의 괴물 석상, 렘브란트 작품 속의 마귀 같이 생긴 노파들에 우스꽝스럽게 보이려는 의도가 전혀 없었다는 결론은 아니다. 다만 이것들의 제멋대로인 외견은 풍자를 위한 것이 아니라 그저 생명력을 나타내는 것이었다. 그리고 미적 가치관에서 추함이 차지하는 위치에 대한 열쇠가 바로 이 부분에 놓여 있는 것이다. 우리는 절벽에서 뻔뻔하게 튀어나온 가파른 바위 벼랑을 보고 싶어 한다. 험준한 절벽 위에 대담하게 서 있는 아메리카 적송을 보고 싶어 한다. 산의 이쪽 끝에서 저쪽 끝까지 갈라진 깊은 골짜기를 보고 싶어 한다. 그에 준하는 고상한 열정으로 우리는 불쑥 튀어나온 코를, 친구의 머리통 위에 아주 뻣뻣하게 서 있는 붉은 머리카락을, 산골짜기처럼 넓고 말쑥한 그의 입을 보고 싶어 한다. 적어도 우리 중 몇몇은 이런 점들을 몽땅 좋아한다. 이는 유머의 문제가 아닌 것이다. 우리는 소

10 '그로테스크(grotesque)'에는 별나게 괴상하다는 뉘앙스도 있다.

나무나 골짜기를 보자마자 즐거워하지는 않는다. 하지만 우리가 소나무나 골짜기를 좋아하는 이유는 이것들이 자연이라는 극적인 고요를, 자연의 대담한 실험을, 자연의 명백한 일탈을, 자신의 아이들에 대한 자연의 떳떳하고 맹렬한 긍지를 드러내기 때문이다. 우리가 관습적인 아름다움이라는 주술을 툭 끊어 버리는 순간, 무수히 많은 아름다운 얼굴들이 온 사방에서 우리를 기다리고 있는 것이다. 온 사방에 무수히 많은 아름다운 영혼들이 있는 것처럼.

모자 쫓아 달리기

On Running After One's Hat —『All Things Considered』(1908)

한낱 시골에 있는 동안 런던이 물에 잠겼다는 소식을 듣고 나는 거의 맹렬하기까지 한 질투심을 느꼈다. 내가 알기로, 나의 배터시[1]가 특히 물길이 만나는 곳으로 선호되었다고 한다. 굳이 말할 필요도 없이 이미 배터시는 사람이 사는 곳 중 가장 아름다운 지역이었다. 이제 물바다라는 부가적인 화려함마저 갖추었으니, 분명 나의 낭만적인 도시의 풍경(혹은 물 풍경) 속에는 다른 어떤 것과도 비길 바가 없는 무언가가 있으리라. 배터시는 틀림없이 베니스의 환영일 것이다. 푸줏간에서 고기를 날라온 배는 곤돌라처럼 기이하고도 매끄럽게 움직이면서 물결치는 은빛 길

1 런던 남서부에 있는 자치구.

을 날쌔게 나아갔을 것이다. 래치미어 로드의 모퉁이까지 양배추를 운반한 채소 장수는 곤돌라 사공처럼 비현실적으로 우아한 자태로 노에 기댔을 것이다. 섬처럼 지극히 시적인 것은 없다. 그리고 한 구역이 물에 잠기면 그곳은 다도해多島海가 된다.

혹자는 홍수나 화재에 대한 이런 낭만적인 시각에 현실성이 약간 부족하다고 생각하리라. 하지만 사실은 이런 불편한 상황들을 낭만적으로 보는 시각이야말로 다른 것들만큼이나 꽤 실용적이다. 이런 일들 속에서도 즐거움을 누릴 기회를 포착하는 진정한 낙천주의자는 상당히 논리적이며, 같은 상황 속에서 불평할 기회를 포착하는 보통의 '분개한 납세자들'보다 훨씬 더 분별이 있다. 진정한 고통이란 스미스필드에서 화형을 당하거나 치통을 겪을 때 느끼는 것처럼 실재적인 것이다. 견딜 수는 있지만 즐기기는 힘들다. 그렇지만 우리의 치통은 결국 예외적인 일이며, 스미스필드에서 화형당하는 건 극히 드물게 벌어지는 일일 뿐이다. 그리고 사실 남자들을 욕하게 만들거나 여자들을 울부짖게 만드는 불편함이란 대부분, 감정적이거나 상상 속의 불편함들이다. 모두 마음의 문제인 것이다. 이를테면, 우리는 다 큰 어른이 역에서 서성이며 기차를 기다려야 하는 상황에 불평하는 소리를 듣곤 한다. 어린 소년이 역에서 서성이며 기차를 기다려야 한다고 불평하는 소리를 들어본 적 있는가? 없으리라. 아이에겐 기차역 안에 있는 것 자체가 경이의 동굴과 시적인 즐거움이 담긴 궁전 안에 있는 것이나 마찬가지이니까. 신호등의 빨간 불과 파란불이 새로운 태양과 새로운 달 같을 테니까. 신호기의 나무 팔이 갑작스럽게 떨어질 때, 위대한 왕이 신호로서 지팡이를 휘둘러 비명을 내지르는 기차들의 토너먼트를 시작한 것 같을 테니까. 이런 점에서는 나 자신도 소년 같은 기질이 있다. 그저 서서 두시 십오분 열차를 기다리는 이들도 마찬가지이다.[2] 그들의 명상은 아마도 풍성하고 생산적인 것들로 가득 차 있으리라. 내 인생의 몹시 화려했던 시간들 중 상당 부분이, 아마 지금쯤은 물 밑에 있지 싶은 클래펌 환승역에서 지나갔다. 나는 그곳에서 매우 깊고 신비하며 다양한 감정들을 맛보아 왔기에 아마 홍수도 물이 허리까지 차오르고 난 다음에야 알아차렸을 것이다. 하지만 말했듯이, 이렇게 난감한 경우들에서도 모든 것은 정서적인 관점에 달려 있다. 오늘날 일상의 전형적인 골칫거리라고들 하는 거의 모든 일에도 아무 문제없이 적용해 볼 수 있을 테다.

이를테면 모자를 쫓아 달려야 하는 일은 즐겁지 않다는 인상이 통용되고 있다. 어째서 이것은 반듯하고 경건한 마음을 가진

2 『실낙원』의 작가 존 밀턴이 장님이 된 뒤에 쓴 시 「눈 먼 뒤(On His Blindness)」의 마지막 구절, 'they also serve who only stand and wait'을 인용한 문장이다.

사람에게 즐겁지 않은 일이어야만 할까? 단순히 그것이 달리기이고 달리기는 사람을 지치게 하기 때문만은 아니다. 같은 사람들이 게임이나 스포츠를 할 때는 훨씬 더 빨리 달린다. 같은 사람들이 시시한 것, 이를테면 작은 가죽 공을 쫓을 때는 근사한 실크해트를 쫓을 때보다 훨씬 더 열심히 달린다. 사람들은 모자를 쫓아 달리는 것을 창피하다고 생각한다. 그리고 사람들이 창피한 일이라고 하면 그것은 웃긴다는 뜻이다. 물론 모자를 쫓아 달리는 모습이 웃기긴 하다. 하지만 인간은 우스꽝스러운 창조물이며, 인간이 하는 일은 대부분 웃기지 않나. 예로 식사라든지. 그리고 가장 웃기는 일들이 바로 가장 가치 있는 일들이기도 하다. 말하자면, 사랑을 나누는 일 같은 것 말이다. 모자를 쫓아 달리는 남자는 아내를 쫓아 달리는 남자에 비하면 반도 웃기지 않다.

이 문제를 제대로 지각했다면, 이제 남자는 가장 사나이다운 열정과 신성한 환희에 젖어 모자를 쫓아 달릴 수 있을 테다. 어쩌면 자신을 제멋대로인 야생 동물을 추적하는 즐거운 사냥꾼이라 생각할 수도 있겠다. 분명 어떤 동물도 그보다 더 제멋대로일 수는 없을 테니까. 실제로 나는 바람 부는 날 모자 사냥하기란 훗날 상류층의 운동이 될 것이라 믿는 편이다. 돌풍이 몰아치는 아침, 어떤 높은 지대에 신사 숙녀 들이 모이리라. 이들은 전문적인 진행요원들이 이러이러한 덤불 속에서, 혹은 전문적인 명칭이 붙은 곳에서 모자를 띄웠다는 설명을 들을 것이다. 이런 활동이 인도주의와 스포츠를 완벽하게 결합할 것이라는 점에 주목하라. 사냥꾼들은 자신들이 어떤 생명체도 괴롭히고 있지 않음을 깨달을 것이다. 오히려 구경꾼들에게 강렬하고 거의 분방한 즐거움을 주고 있음을 깨달을 것이다. 최근 한 노신사가 하이드 공원에서 자신의 모자를 쫓아 달리는 모습을 보았을 때 나는 그에게 이렇게 말했다. 그처럼 마음이 자애롭다면, 자신의 모든 몸짓과 신체적 태도가 그 순간 구경꾼들에게 얼마나 순수한 즐거움을 주고 있는지 생각하며 평화와 감사로 충만해질 거라고.

같은 원리가 전형적인 집안 걱정들에도 적용될 수 있다. 우유에서 파리를 건져 내려거나 와인 잔에서 코르크 마개 부스러기를 건져 내려 애쓰는 신사라면 종종 짜증을 느낄 테다. 잠시 어두운 연못가에 앉아 있는 낚시꾼의 참을성을 떠올려 보자. 영혼을 즉시 만족과 평온으로 빛나게 하자. 또한 나는, 순전히 서랍이 걸려서 빠지지 않는다는 이유로 괴로움을 못 이겨, 교리적인 의의는 전혀 부여하지 않고 종교적인 용어[3]를 사용한 지극히 현대적인 관점의 소유자들을 몇몇 알고 있다. 내 친구 한 명이 특히 이런 식으로 괴로워했다. 매일같이 그 친구의 서랍은 걸렸고

3 My God!(맙소사), Christ!(젠장) 등등.

그 결과 서랍은 매일같이 운율이 맞는 다른 말로 불렸다.[4] 하지만 나는 친구에게 이런 그릇된 관점은 정말이지 주관적이며 상대적이라는 점을 지적해 주었다. 그런 관점은 전적으로 서랍은 쉽게 빼낼 수 있는 것이고, 그래야 하며, 그럴 것이라는 가정을 기반으로 한다. 나는 이렇게 말했다. "하지만 말이야, 자네가 어떤 강력하고 가혹한 적을 끌어당기고 있다고 상상해 보면 그 투쟁은 순전히 흥미진진하고 전혀 짜증스럽지 않을 거야. 자네가 바다에서 구명보트에 매달려 있다고 생각해 보게. 알프스 산맥에서 동료를 크레바스 밖으로 끌어올리고 있다고 상상해 봐. 심지어 다시 한 번 아이가 돼서 영국인 대 프랑스인의 줄다리기에 참여했다고 상상해 보라고." 나는 이런 말을 한 다음 얼마 안 있어 친구를 떠났다. 하지만 내 말이 최상의 열매를 맺었음을 전혀 의심치 않는다. 친구가 매일매일 전투로 붉어진 얼굴과 반짝이는 눈으로 서랍 손잡이에 매달릴 것을 의심치 않는다. 자신에게는 격려의 외침을 내뱉을 것이고, 온 주변에서는 우렁찬 박수갈채가 들리는 듯하리라.

그래서 나는 런던의 홍수조차 시적으로 받아들이고 즐길 수 있다고 여기는 것이 그렇게 비현실적이거나 터무니없는 일이 아

4 drawer was jammed(서랍이 걸렸다)의 jammed(걸렸다)가 damned(망할 것)로 바뀌었다는 뜻으로 추측된다.

니라고 생각한다. 불편함 말고는 홍수 때문에 뭔가 생긴 것 같지 않으니까. 그리고 말했듯이 불편함이란 단지 한 가지 측면일 뿐으로, 사실은 낭만적인 상황의 가장 상상력이 부족하며 비본질적인 측면이다. 모험은 불편한 상황을 올바르게 간주한 것이다. 불편한 상황은 모험을 그릇 간주한 것에 불과하다. 런던의 집과 가게 들을 감싼 물은 오히려 기존의 마법과 경이로움을 배가했을 따름이다. 어느 이야기에서 한 가톨릭 사제가 "와인은 물 외의 모든 것과 잘 어울리지"라고 했듯이, 같은 원칙으로 물은 와인을 제외한 모든 것과 잘 어울리니까.

불한당만이 '여자들'에 대해 얘기하는 법이니까

Woman — 『All Things Considered』(1908)

한 투고자가 공동 주방이란 주제로 내가 언급한 몇 가지 사항에 대하여 재기 넘치고 흥미로운 편지를 썼다. 그는 계산적인 집산주의자[1]의 견지에서 매우 명쾌하게 공동 주방을 옹호한다. 하지만 그의 무리 대다수가 그렇듯이 투고자 역시 그런 계산과는 전혀 관계없는, 모든 문제의 시금석이 또 하나 있다는 점을 파악하지 못했음이 분명하다. 그는 우리가 여러 명씩 동시에 먹고, 그래서 같은 테이블을 이용한다면 보다 돈이 적게 들 거라는 사실은 알고 있다. 그렇긴 할 것이다. 여러 사람이 각각 다른 시간

1 집산주의는 사회 전체의 공동 이익을 위해 모든 생산 수단을 사회의 공동 소유로 할 것을 주장하는 사상으로, 단, 국가 권력의 개입은 배제한다는 점에서 공산주의와 다르다.

대에 잠들어 같은 바지를 돌려 입는다면, 그 또한 돈이 절약될 것이다. 하지만 논점은 우리가 얼마나 싸게 사고 있는지가 아니라 무엇을 사고 있는지가 아닐까? 노예를 소유하는 데는 돈이 적게 든다. 노예가 되면 훨씬 더 적게 든다.

또 이 투고자가 말하길, 레스토랑 등지에서 외식하는 경향이 늘어나고 있단다. 내가 알기론 자살하는 경향도 그렇다. 하지만 그 두 사실을 서로 연관 짓고 싶지는 않다. 한 남자가 방금 자살을 했기 때문에 레스토랑에서 식사하지 못한다는 건 매우 당연한 사실이다. 그러나 한 남자가 방금 레스토랑에서 식사를 했기 때문에 자살했다고 하면 아마 너무 극단적일 테다. 그런데 이 두 사례를 나란히 놓고 보면, 무엇이 유행인지에 대한 끝없는 현대적 논증의 허위와 비겁함을 충분히 시사해 주고 있다. 두려움이 없는 사람에게 문제가 되는 것은 특정한 일이 늘어나고 있는지의 여부가 아니다. 우리가 이를 증가시키고 있는지의 여부이다. 나는 자주 레스토랑에서 식사하는데, 내 일의 특성상 그것이 편리하기 때문이다. 하지만 레스토랑에서 식사함으로써 내가 공동 식사 조성에 일조하고 있다는 생각이 든다면 다시는 레스토랑에 들어가지 않으리라. 치즈를 곁들인 빵을 주머니에 넣고 다니거나 자동판매기에서 초콜릿을 뽑아 먹을 것이다. 어떤 일들에서는 개인적인 요소가 신성하기 때문이다. 일전에 윌 크룩스[2]가 이를 완벽하게 표현한 말을 들었다. "가장 신성한 일은 자기 방문을 닫을 수 있는 일이다."

투고자가 말하길, "우리 여자들이 요리 같은 고역과 그에 따른 걱정거리들로부터 면제되어 고급문화higher culture를 즐겨야 하지 않겠습니까?"란다. 이에 대해 내가 처음 떠올린 말은 매우 단순하며, 우리 모두의 경험에서 우러나오는 말일 것이다. 만일 투고자가 여자들을 걱정하지 않게 만들 방법을 찾을 수 있다면 그는 정말로 놀라운 남자이리라. 내 생각에 이 문제는 훨씬 더 심오하다. 무엇보다 투고자는 우리 인간 본성의 기본적인 특징을 간과하고 있다. 이론적으로는 모든 이가 근심에서 벗어나고 싶어 할 거라 생각한다. 하지만 세상 누구도 항상 성가신 일에서 벗어나 있길 바라지는 않을 것이다. 나도 (현재의 감정대로라면) 이 글을 쓴다는 소모적인 골칫거리에서 벗어나고자 해야 하리라. 하지만 그렇다고 내가 저널리스트라는 소모적인 골칫거리로부터 벗어나고자 한다는 결론이 뒤따르지는 않는다. 왜냐하면 어떤 일을 걱정한다고 해서 그 일에 흥미가 없는 것은 아니기 때문이다. 진실은 그 반대다. 흥미가 없다면 도대체 왜 걱정을 하겠는가? 여자들은 살림에 대해 걱정하는데, 가장 흥미로운 일이 가장 걱정되는 법이다. 여자들은 남편과 아이에 대해서는 훨씬

2 1852~1921. 영국 노동당 지도자 중 한 사람.

더 많은 걱정을 한다. 그리고 내 생각엔 우리가 아이들을 목 조르고 남편들을 도끼로 내리치면, 여자들은 자유로워져서 고급문화를 누리게 될 것이다. 다시 말해, 그러면 여자들은 자유로워져서 고급문화에 대해 근심하기 시작할 것이다. 다른 모든 것에 대해 걱정하는 만큼 고급문화에 대해서도 걱정할 테니까.

여자들과 고급문화에 대해 이런 식으로 말하는 쪽은 거의 전적으로, (내가 속한 저널리스트 계층과 달리) 적당한 돈이 있는 계층들이라고 생각한다. 나는 특히 한 가지 기이한 점을 알아차렸다. 이런 식의 내용을 쓰는 자들은 노동으로 돈을 버는 계층의 존재를 완전히 잊은 듯 보인다. 그들은 이 투고자처럼 끊임없이 보통의 여자들을 단순 노동자라고 한다. 그렇다면 아홉 여신[3]의 이름으로, 보통의 남자들은 뭐란 말인가? 이들은 보통의 남자들을 각료들로 생각하는 모양이다. 그래서 권력을 휘두르고 자신의 길을 개척하려고, 세상에 자신의 존재를 각인하려고, 지휘하고 복종시키려고 전진하는 남자에 대해서만 말하는 것이다. 어떤 계층에서는 이게 진실일지도 모른다. 아마 공작들은 단순 노동자가 아닐 테다. 하지만 그렇다면 공작부인들도 마찬가지다. 사교계를 이끄는 숙녀와 신사 들은, 주로 드라이브와 브리지 게

3 그리스 신화에서 특히 문학과 예술을 관장하는 아홉 여신.

임으로 구성된 고급문화를 즐길 수 있을 만큼 제법 자유롭다. 하지만 우리의 문명을 형성하는 수백만 명을 대표하는 전형이자 그 일원인 보통 남자는 자신의 아내만큼이나 고급문화를 즐길 자유가 없는 것이다.

보통의 남자는 정말로 자유가 없다. 두 성별 중에서는 여자가 더욱 힘 있는 위치에 있다. 보통의 여자는 무엇이건 내키는 대로 할 수 있는 어떤 상좌에 있다. 보통의 남자는 명령에 순종하는 것 외에는 아무 일도 하지 말아야 한다. 그는 벽돌에 다른 벽돌 하나를 얹는 지루한 작업만 할 뿐 다른 건 하지 말아야 한다. 수에 수를 또 하나 더하는 지루한 작업만 할 뿐 다른 일은 하지 말아야 한다. 여자의 세계는 작을지 모르지만 그녀는 그 세계를 바꿀 수 있다. 여자는 자신과 거래하는 가게 주인에게, 그 주인에 대한 어떤 사실적인 말들을 할 수 있다. 매니저에게 이러는 점원은 보통 모가지가 날아간다. 혹은 (저속한 표현을 피하기 위해서) 점원은 자신에게 고급문화를 누릴 수 있는 자유가 생겼음을 발견한다고 할까. 내가 예전 글에서 말했듯이, 무엇보다 여자는 적게나마 창조적이고 개인적인 일을 한다. 그녀는 자기가 좋아하는 방식으로 꽃이나 가구를 놓을 수 있다. 벽돌공은 스스로에게나 다른 이에게나 참사를 불러일으키는 일 없이 자기가 좋아하는 방식으로 벽돌을 쌓지는 못할 것이다. 여자는 카펫에 조각을 덧대고 있을 뿐이라도, 색깔을 고려해서 조각을 고를 수 있다. 소포를 보내려는 사무직 소년이 색깔을 고려해서 우표를 골라 봤자 무슨 소용이 있을 것 같진 않다. 일 페니짜리 우표의 조잡한 선홍색보다 육 페니짜리 우표의 부드러운 연보라색을 더 선호해 봤자 아닌가. 여자가 늘 예술적으로 요리를 하지는 않을지도 모른다. 그래도 예술적으로 요리할 수는 있다. 수프의 구성물에 개인적이며 미세한 변화를 도입할 수 있다. 점원은 장부 수치에 개인적이며 미세한 변화를 기입하도록 권장받지 않는다.

문제는, 내가 제기한 진정한 의문이 논의되지 않는다는 것이다. 금전적인 문제로만 논의될 뿐 사람의 문제로 논의되지 않는다. 나는 이러한 개혁가들의 성향과 주장만큼 그들의 제안 역시 잘못되었다고 생각하는 건 아니다. 공동 주방 옹호자들이 틀렸다고 확신하는 만큼 공동 주방이 잘못된 것이라고 확신하지는 않는다. 물론 내가 말하는 공동 주방과 투고자의 보다 어둡고 거친 마음이 사악하게 불러낸 공동 식사(무섭고 흉측한 괴물이다monstrum horrendum, informe)[4] 사이에는 막대한 차이가 있다. 하지만 이 양쪽 모두 그 옹호자들에게 인간의 제도로서, 인간적으로 옹호받지 못할 거라는 문제를 가지고 있다. 옹호자들은 어떤 남자 혹은 여자가 경우에 따라선 스스로 어떤 일들을 하고 싶어 한다는 확연한 심리적 사실에는 관심이 없으리라. 남자 혹은

4 외눈박이 거인 폴리페무스에 대한 로마 시인 베르길리우스의 묘사를 인용했다.

여자는 그 일을 독창적으로, 창조적으로, 예술적으로, 독자적으로 해야만 한다. 한마디로, 형편없게 말이다. (이를테면) 아내를 고르는 일은 그러한 일들에 속한다. 남편의 식사를 고르는 일도 그러한 일들에 속하는가? 의문은 이것뿐이다. 그리고 이 의문은 결코 제기되지 않는다.

그럼 이제 고급문화로 넘어가 보자. 나는 그 문화를 안다. 할 수만 있다면 나는 누구든 그런 문화를 누릴 시간이 없게 하겠다. 그런 문화를 누릴 만큼 자유롭고 부유한 남자들에게 고급문화가 미치는 영향은 너무 끔찍해서 백만장자의 다른 어떤 오락거리보다 더 나쁘다. 도박보다 더 나쁘고, 심지어 자선 활동보다 더 나쁘다. 고급문화란 벨기에의 가장 보잘것없는 시인이 영국의 가장 위대한 시인보다 더 위대하다고 생각하는 것을 의미한다. 어느 무엇도 민주적으로, 대중적으로 공감할 수 없게 되는 것을 의미한다. 한 인부와 스포츠나 맥주에 대해, 성경에 대해, 더비[5]에 대해, 애국심에 대해, 혹은 무엇이건 그 인부가 이야기를 나누고 싶어 하는 것에 대해 같이 말할 수 없게 된다는 뜻이다. 또한 고급문화는 문학을 진지하게 여긴다는 것을 뜻한다. 이는 아주 비전문적인 행위이다. 그리고 오직 음침하고 추잡한 행위만

5 5월이나 6월에 열리는 유명한 경마 대회.

을 너그러이 봐주는 걸 의미하기도 한다. 그 신봉자들은 삽을 삽이라고 부르겠지만,[6] 무덤 파는 일꾼의 삽만 그렇게 부르리라. 고급문화는 한심하고 천박하고 무례하고 몰인정한 데다, 정직하지도 않고 편안하지도 않다. 간단히 말해 그것은 '상하기 직전'[7]에 있다. 이 혐오스러운 말(또한 게임에도 적용되는)[8]은 훌륭하게 고급문화를 묘사한다.

나는 싫다. 당신이 만일 다른 무언가를 위해 여자들을 자유롭게 하려고 했다면 나도 좀 더 누그러졌을지도 모른다. 여자들이 미치광이처럼 산 위에서 춤출 수 있게끔, 혹은 어떤 끔찍한 여신을 숭배할 수 있게끔 자유의 몸으로 만들어 주려고 한다고 은밀하고도 진지하게 나를 확신시킬 수 있다면, 나는 당신의 요청을 노트에 기록해 둘 것이다. 당신이 브릭스턴에 사는 숙녀들이 요리를 그만두는 순간 마법에 맞추어 커다란 징을 치고 나팔을 불거라 확신한다면, 나는 그게 적어도 인간적이며 다소 재미있기

6 원문은 '숨김없이 말하다(call a spade a spade)'는 뜻의 관용어인데, 여기서는 문장 연결을 위해 풀어 쓴다.

7 원문은 'high'로, 고급이라는 뜻 외에 음식이 상하기 직전이라는 의미도 있다. 여기서는 high의 이런 이중적인 의미를 이용하여 고급문화를 비판하는 언어 유희를 구사하고 있다.

8 high game은 점수가 높은 카드에 표시를 하는 속임수를 가리킨다.

까지 하다고 동의할 것이다. 여자들은 해방되어 바커스 신의 사제가 되었다. 여자들은 해방되어 처녀 순교자가 되었다. 여자들은 해방되어 마녀가 되었다. 이제 와서 그들에게 고급문화처럼 깊이 추락하라고 요구하지 마라.

나에겐 여자들에게 가능한 해방에 대한 나름의 소소한 의견들이 있다. 하지만 내가 이런 의견들을 제안한대도 심각하게 받아들여지지는 않을 것이다. 나는 여자들이 현재 지닌 거대한 집안 권력과 각자의 집에서 선보이는 창조적인 활동들을 증진시킬 모든 것을 선호하겠다. 말했듯이 보통의 여자는 폭군이다. 보통의 남자는 농노이다. 나는 누가 제안하든 보통의 여자를 더욱 폭군으로 만들자는 모든 계획에 찬성한다. 여자가 외식하기를 바라기보다는, 차라리 여자가 지금보다 더 야성적으로, 더 자기 멋대로 요리를 했으면 좋겠다. 늘 같은 장소에서 같은 식사를 하기보다는, 원한다면 자기 삶에서 매일매일 새로운 음식을 개발하게 하고 싶다. 여자를 더욱 창조적이게 하자. 덜하게 하지 말고. 우리는 '여자'에 대해 얘기하는 것이 옳다. 불한당만이 '여자들'에 대해 얘기하는 법이니까. 물론 남자는 모두 남자들에 대해 떠들어대긴 하지만 그건 완전히 다른 얘기고. 남자들은 삶에서 신중하고 민주적인 요소들을 대변한다. 여자는 독재를 대변한다.

치즈의 완벽함에 대하여

Cheese — 『Alarms and Discursions』(1910)

다섯 권으로 된 내 다음 작품, 『유럽 문학의 치즈 홀대』는 정말이지 전례 없고 힘이 많이 드는 지엽적인 작품이라 내가 살아서 그 일을 마칠 수 있을지 의심스럽다. 그러므로 그런 정보의 샘에서 흘러넘친 것들이 이 페이지들을 적신대도 무방하리라. 그렇더라도 내가 말하는 이 냉대를 완전히 설명하는 건 불가능하다. 시인들은 이상하게도 치즈라는 소재에 침묵해 왔다. 내 기억이 옳다면, 베르길리우스는 치즈를 여러 번 언급하긴 했지만 로마인의 자제심을 지나치게 발휘했다. 계속 치즈를 추구하지 않았던 것이다. 그나마 감각이 있었던 것으로 보이는 유일한 시인이 머릿속에 떠오르는데, 바로 이런 내용의 전래 동요를 지은 무명의 작자이다. '모든 나무가 빵과 치즈라면.'[1] 그야말로 고등한 폭식을 그리는 풍요롭고도 거대한 정경이지 않은가. 만일 나무가 전부 빵과 치즈라면 내가 살던 잉글랜드의 전 지역이 상당히 벌채되었으리라. 널따란 야생 삼림들이 오르페우스[2]를 뒤쫓는 것처럼 재빠르게 내 앞에서 휘청거리며 사라져 갔으리라. 베르길리우스와 이 익명의 시인을 제외하면 치즈에 대한 시가 하나도 떠오르지 않는다. 그러나 치즈는 고상한 시에 요구되는 모든 자질을 갖추고 있다. 치즈는 짧고 강렬한 단어이다. 치즈는 '바람breeze'과 '바다seas'와도 운율이 맞는다(중요한 점이다). 치즈의 발음이 강하다는 점은 심지어 현대 도시 문명도 인정하고 있다. 왜냐하면 시민들도 별다른 뜻 없이 강조할 생각으로 종종 이렇게 말하기 때문이다. "그만 둬!Cheese it" 혹은, "안성맞춤이군Quite the cheese"이라고.[3] 게다가 이 물질은 그 자체로 상상력을 돋운다. 치즈는 아주 오래되었다—사적인 경우에는 이따금 그렇고, 유형과 관습 면에서는 변함없이 오래되었다. 치즈는 단순하다. 조상 대대로 내려온 음료 중 하나이자, 소다수로 조금

1 첫 구절이 '세상이 종이라면(If all the world were paper)'이나 '세상이 사과파이라면(If all the world were apple pie)'으로 시작되는 마더구스 속 구절이다.

2 신화에 등장하는 음악가로, 죽은 아내를 찾으러 저승세계로 내려가지만 결국 아내를 데려오는 데 실패한다.

3 이들은 치즈를 이용한 영어의 관용 표현으로 체스터튼 말마따나 치즈 자체와는 아무 관계가 없다.

도 오염되지 않은 우유에서 곧바로 얻는다. (방금 막 떠오른 생각이긴 한데) 에덴동산의 네 강이 우유, 물, 와인, 에일 맥주로 된 강이었으면 좋겠다. 탄산수는 인간이 타락한 뒤에나 생겨난 것이다.

하지만 치즈에는 노래의 진정한 혼이 되는 자질이 하나 더 있다. 한때 나는 한꺼번에 몇몇 장소에서 강의를 하고자 영국을 가로지르는 괴상한 여행을 한 적이 있다. 그 여정은 매우 불규칙했던 데다 불합리하기까지 해서 필연적으로 나는 내리 나흘 동안 네 지역의 네 군데 길가 여인숙에서 점심을 먹어야 했다. 여관마다 빵과 치즈 외에는 아무것도 없었다. 그리고 나도 사람이 빵과 치즈를 충분히 먹을 수 있다면 다른 걸 원할 필요가 없다고 생각한다. 치즈는 여관마다 훌륭했고 여관마다 달랐다. 요크셔에는 고상한 웬슬리데일 치즈, 체셔 지방에는 체셔 치즈, 등등. 자, 바로 여기에 우리를 온통 구속하는 보잘것없고 기계적인 문명과 다른 진정 시적인 문명이 있다. 나쁜 관습은 보편적으로 퍼져 있으며 융통성이 없다. 현대의 군국주의처럼. 좋은 관습도 보편적으로 퍼져 있으나 다양한 모습을 띠고 있다. 선천적인 기사도 정신과 자기방어처럼. 좋은 문명과 나쁜 문명 둘 다 덮개처럼 우리를 가려 외부의 모든 것에서 보호한다. 하지만 좋은 문명은 나무처럼 다채롭고 유연하게 우리 위로 뻗어 있다. 살아 있기 때문이다. 나쁜 문명은 우산처럼 인위적이며 정밀한 모양새로 우리 위로 불쑥 튀어나와 있다. 보편적일 뿐 아니라 획일적이기도 하다. 변화하는 물질들과 어디로 침투하든 늘 같은 물질들 사이의 차이점이 여기에 있는 것이다. 천상의 현명한 판결에 의해 인간은 치즈를 먹으라는 명을 받았지만, 똑같은 치즈를 먹으라는 소리는 아니었다. 정말로 보편적이 되기 위해 치즈는 골짜기마다 달라지는 것이다. 하지만 예를 들어 치즈를 (엄청나게 열등한 물질인) 비누와 비교해 보자. 우리는 비누들이 점점 더 스미스 비누나 브라운 비누로 바뀌어 가면서 자동적으로 전 세계에 퍼져 있음을 알게 될 것이다. 아메리카 원주민이 비누를 쓴다면 그것은 스미스 비누다. 달라이 라마가 비누를 쓴다면 그것은 브라운 비누다. 그리고 달라이 라마의 이 비누는 은근하면서 불가사의하게 불교적인 맛을 풍기지도 않고, 아련하게 티베트 풍을 띠지도 않을 것이다. 나는 달라이 라마가 치즈를 먹지 않을 거란 느낌이 들지만(그는 치즈와 어울리지 않는다), 만일 그가 치즈를 먹는다면 그것은 아마도 그 지역의 치즈로, 달라이 라마의 삶과 관점과 실질적으로 관계가 있으리라. 안전성냥, 통조림, 특허 의약품은 전 세계에 퍼져 있다. 하지만 전 세계에서 생산되지는 않는다. 그러므로 이것들 속에는 순전히 죽어 버린 정체성만이 존재한다. 각 지역의 흙이나 암소의 젖, 과수원의 과일들에서 생산되는 것들에 존재하는, 미묘한 차이가 부드럽게 빛나는 정체성이 아닌 것이다. 당신은 제국의 모든 식민지에서 소다수를 넣은 위스키를 구할 수 있다. 그래서 제국을 건설하려고 하는 그토록 수많은 자들이 미쳐 있는 것이다. 하지만 당신은 데번셔의 사과주나 라인 강 지역에서 생산되는 포도주를 마실 때처럼 자연 환경을 맛보거나 느끼지는 못한다. 치즈를 먹는 신성한 행위를 할 때처럼 자연의 무수히 많은 기질 중 하나를 느끼지 못하는 것이다.

길가 여인숙 네 곳을 도는 순례를 마치고 거대한 북부 도시 중 하나에 도착하자 나는 아주 신속하면서 완전히 모순된 태도로 커다랗고 세련된 레스토랑으로 향했다. 이곳에서 빵하고 치즈 말고도 수많은 다른 것을 얻을 수 있음을 알고 있었다. 그렇지만 빵과 치즈 역시 먹을 수 있을 터였다. 적어도 먹게 될 거라 기대했다. 하지만 나는 자신이 바빌론에 들어섰으며 잉글랜드를 뒤로 했다는 사실을 날카롭게 상기하게 되었다. 사실 웨이터는 내게 치즈를 날라 왔다. 하지만 치즈는 하찮으리만치 작은 조각들로 잘려 있었다. 그리고 끔찍한 사실은, 웨이터가 기독교인의 빵 대신에 비스킷을 가져왔다는 것이다. 비스킷이라니, 네 지방의 훌륭한 치즈를 먹었던 사람에게! 비스킷이라니, 치즈와 빵이라는 태곳적 결합의 거룩함을 혼자 힘으로 새롭게 증명해 낸 사람에게! 나는 따뜻하고 감동적인 말로 웨이터를 불렀다. 그러고는 대체 웨이터가 누구이기에 인류가 맺어 놓은 것을 그가 갈라놔야 했는지[4] 물었다. 또 전문가로서, 치즈처럼 단단하지만 유연한 물질은 당연히 빵처럼 단단하지만 유연한 물질과 어울린다고 느끼지 않느냐고 물었다. 치즈를 비스킷과 함께 먹는 것은 치즈를 석판과 함께 먹는 것과 같다. 또 나는 웨이터에게 기도문을 읊을 때 일용할 비스킷을 주십사 기도할 만큼 거만한지 물었다.[5] 웨이터는 나에게 자신이 다만 현대 사회의 관습을 따르고 있을 뿐이라는 점을 이해시켰다. 그런고로 나는 이 비할 데 없는 커다란 현대적 잘못과 관련해 내 목소리를, 웨이터가 아니라 현대 사회를 향해 높이기로 결심했던 것이다.

4 '하느님께서 맺어 주신 것을 사람이 갈라 놓아서는 안 된다(마르코 복음 10:9)'를 인용했다.

5 주기도문의 '우리에게 일용할 양식을 주시고(Give us this day our daily bread)' 구절을 언급하고 있다.

침대에서 뒹굴기

On Lying In Bed — 『Tremendous Trifles』(1909)

침대에 누워 있기는 천장에 그림을 그릴 수 있을 만큼 기다란 색연필만 있다면 전적으로 완벽하고 궁극적인 경험일 것이다. 하지만 그만큼 긴 색연필은 보통 가재도구에 포함되어 있지 않다. 그래서 생각해 보았는데 아스피날[1] 몇 통과 빗자루만 있으면 그럭저럭 그림을 그릴 수 있을 것 같다. 다만 파죽지세로 거장의 솜씨를 발휘하면서 도료를 덕지덕지 칠한다면, 마치 신비한 요정의 비처럼 짙게 뒤섞인 색채들이 홍수가 되어 다시 얼굴로 떨어질지도 모른다. 이런 점이 단점이리라. 이 예술 창작에서는 흑백을 고수해야만 되지 않을까 싶다. 그런 목적이라면 기실 하

1 '아스피날즈 에나멜(Aspinall's Enamel)'이라는 영국 페인트 회사의 제품을 가리킨다.

얀 천장이 가장 유용하게 쓰일 것이다. 사실은 그것이 내가 생각하는 하얀 천장의 유일한 용도이다.

침대에서 뒹굴기라는 아름다운 시도가 아니었다면 나는 아마 이를 발견치 못했을 것이다. 수년 동안 나는 현대식 집에서 그림을 그릴 만한 빈 공간을 찾고 있었다. 종이는 진짜 우화풍 스케치를 담기엔 너무 작다. 시라노 드 베르주라크[2]가 말했듯이 "나는 거인들이 필요하다Il me faut des géants." 하지만 우리가 사는 현대식 방들에서 괜찮은 빈 공간을 발견하고자 애썼을 때 나는 거듭 실망하고 말았다. 조그만 사물들로 이루어진 끝없는 무늬와 복잡한 형상이 나와 내 욕망 사이에 촘촘한 장막처럼 드리워져 있음을 발견했던 것이다. 나는 벽들을 조사해 보았다. 놀랍게도 벽들이 이미 벽지로 뒤덮여 있음을 깨달았다. 그리고 이미 그 벽지 또한 우스꽝스럽게 서로를 닮은, 흥미롭지 않은 이미지들로 뒤덮여 있다는 점도. 내 멋진 벽들에 어째서 임의적인 상징(종교적이거나 철학적인 의미가 전혀 없음이 명백한 상징)이 이렇게 천연두처럼 온통 흩뿌려져 있어야 하는지 알 수가 없었다. 성경은 다음과 같은 부분에서 벽지를 언급하고 있는 게 분명하다. "다른 민족 사람들처럼 빈말을 되풀이하지 마라."[3] 터키 카

2 17세기 프랑스 문필가였던 동명 인물의 인생을 모티브로 그려낸 5막짜리 희곡의 주인공.

펫은 터키 제국이나 '터키의 기쁨Turkish Delight'[4]이라 불리는 과자처럼 의미 없는 색채들로 가득 차 있는 것이다. 그런데 나는 '터키의 기쁨'이 정확히 뭔지 모르겠다. 다만 마케도니아 대학살[5]이라고 추측해 볼 뿐이다. 그리고 나는 쓸쓸히 연필이나 붓을 들고 간 곳마다, 불가사의하게도 나보다 먼저 어떤 사람들이 와서 유치하며 야만적인 디자인으로 벽이며 커튼이며 가구들을 망쳐 놓았음을 발견했다.

스케치를 할 어떤 빈 공간도 찾지 못하고 있던 어느 날, 나는 적정선 이상으로 침대에 누워 있기를 지속하고 있었다. 이때 하얀 천상의 빛이 시야에 들어왔다. 그 새하얀 넓은 폭은 거의 천국의 정의에 가까웠다. 그것이 순수와, 또한 자유를 의미하기 때문이다. 하지만 아아! 모든 낙원이 그렇듯, 이제 그것이 보이는데도 다다를 수가 없다. 그것은 창밖 파란 하늘보다 더욱 근엄하며 더욱 멀리 떨어져 있어 보인다. 빗자루의 꺼칠꺼칠한 끝

3 마태오 복음 6:7.

4 흔히 '터키시 딜라이트'라 일컫는 달콤한 과자로 원래 이름은 '로쿰'이다.

5 오스만 투르크에게서 독립하기 위해 투쟁해 온 마케도니아는 1903년 8월 2일에 일어난 일린덴 봉기에서 독립선언문을 선포했다. 오스만 투르크는 이 독립 운동을 잔인하게 무력 진압하여 큰 이슈를 불러일으켰다.

으로 여기에 칠을 하겠다는 내 제안은 좌절되었으며—누가 좌절시켰는지는 신경 쓰지 마라. 모든 정치적인 권한에서 제외된 사람이다—, 그 빗자루의 다른 쪽 끝을 부엌 아궁이에 집어넣어 목탄으로 만들자는 나의 한결 소소한 제안마저 허락되지 않았다. 그러나 확신컨대 궁전과 대성당의 천장을 타락 천사들의 반란이나 승리를 거둔 신들로 뒤덮겠다는 독창적인 영감은 나 같은 사람들에게서 나온 것이다. 나는 미켈란젤로가 침대에서 뒹굴거린다는 아주 오래되었으며 영예로운 일에 몰두했기 때문에, 시스티나 예배당 지붕에 어떻게 천상에서만 펼쳐질 신성한 드라마의 장엄한 모작을 만들어 놓을 수 있을지 깨달았을 거라 확신한다.[6]

오늘날, 침대에 누워 있기라는 행위에 대한 일반적인 논조는 위선적이고 불건전하다. 일종의 데카당스[7]를 의미하는 듯한 현대성modernity의 특징 중에, 매우 중요하고 근본적인 것들, 영원한 유대와 가엾은 인간 도덕성을 희생하여 매우 소소하고 부차적인 행위들을 하면서 기뻐하는 것보다 더 위협적이고 위험한

6 미켈란젤로가 바티칸의 시스티나 성당 천장에 〈아담의 창조〉를 그릴 때 사다리를 타고 올라가 누운 채로 그렸다고 한다.

7 19세기 후반 프랑스에서 시작되어 유럽 전역으로 전파된 퇴폐적인 경향 또는 예술운동을 가리키는 용어.

것은 없다. 오늘날 중요한 윤리들이 약화된 일보다 더 나쁜 것이 있다면, 그것은 소소한 윤리들이 강화된 일이다. 따라서 윤리관이 형편없다는 소리보다 취향이 형편없다는 비난이 더욱 사람을 기죽이는 말로 간주되고 있는 상황이다. 청결함은 신을 모시는 일 다음으로 중요한 것이 아니게 되었다.[8] 청결함은 필수적이 되었지만, 독실함은 무례한 일로 여겨지고 있기 때문이다. 극작가의 경우, 작품을 통해 사회 관습을 정확히 표현하고 있기만 하다면 결혼 제도를 공격해도 된다. 게다가 나는, 맥주를 마시는 것은 나쁜 일이지만 청산가리를 마시는 것은 옳다고 생각하는 입센[9] 풍 비관주의자들을 만난 적도 있다. 이러한 풍조는 건강 및 위생과 관련해서 더욱 두드러진다. 특히 침대에 누워 있기 같은 일에서는. 아침에 일찍 일어나기는 마땅히 그래야 하듯이 개인의 편의와 조절의 문제로 여겨지는 대신에 근본적인 윤리의 일부로 받아들여지게 된 것이다. 아침에 일찍 일어나는 일은 실용적인 지혜를 기반으로 하고 있긴 하다. 하지만 아침에 일찍 일어난다고 좋을 것도 없고 그 반대라고 나쁠 것도 없다.

구두쇠들은 아침에 일찍 일어난다. 그리고 도둑들은, 내가 들

8 '청결함은 신을 모시는 일 다음으로 중요하다(Cleanliness is next to godliness)'는 격언이 있다.

9 개인과 사회의 모순을 드러내는 작풍을 구사했던 노르웨이 극작가.

은 바로는, 그 전날 밤에 일어난다. 우리 사회의 크나큰 위기는 정신이 점점 변덕스러워지는 반면 모든 체제는 점점 굳어져 간다는 것이다. 인간의 소소한 행위와 제도는 자유롭고 유연하며 창조적이어야 한다. 반면에 바뀌지 않아야 하는 것은 신조와 이상이다. 하지만 그 반대가 사실이 되어 있다. 우리의 관점은 끊임없이 변화하지만, 점심 식사에는 변화가 없는 것이다. 자, 나는 사람들이 강하고 뿌리 깊은 신념을 지니기를 바란다. 다만 점심은 때로는 정원에서, 때로는 침대에서, 때로는 지붕 위에서, 때로는 나무 꼭대기에서 먹어 보자. 그리고 동일한 1원칙에서부터 논쟁을 시작하도록 하자. 하지만 그 논쟁을 침대나 배, 혹은 열기구 안에서 열어 보자. 소위 좋은 습관이란 것들이 놀랍도록 증가하고 있다는 사실은, 그저 관습으로 지킬 수 있는 미덕들이 지나치게 중요시되고 있다는 뜻이다. 또 관습으로 지킬 수 없는 미덕들, 본능적인 연민이나 직관적인 정직함처럼 충동적으로 발휘되는 훌륭한 미덕들이 매우 소홀히 여겨지고 있다는 뜻이다. 그런 뜻밖의 충동을 느낀다 해도 우리는 그 충동을 저버릴 것이다. 사람은 오전 다섯시 기상에 익숙해질 수 있다. 그러나 자기 지론을 위해 화형당하는 일에는 좀처럼 익숙해지기가 힘들다. 첫 경험부터가 대개 치명적으로 끝날 테니까. 이렇게 영웅적이며 예상 밖인 일들이 일어날 수 있는 가능성에 좀 더 관심을 기울여 보면 어떨까. 감히 말하건대, 나는 이 침대에서 일어나면 거의 무시무시할 정도인 미덕들을 좀 행해 보겠다.

침대에서 뒹굴기라는 위대한 기술을 연구하는 이들을 위해 한 가지 분명한 주의 사항을 덧붙인다. 침대에서 자신의 일을 할 수 있는 사람들도(저널리스트처럼), 그리고 침대에서 일할 수 없는 사람들이라면(이를테면 작살로 고래를 잡는 고래잡이들처럼) 더욱더, 이 행위에 가끔씩만 빠져 있어야 한다는 점은 명백하다. 하지만 이는 내가 주려는 주의 사항이 아니다. 그 주의 사항이란 이렇다. 침대에 누울 때는 반드시 어떤 이유나 명분 없이 누워 있어라. 물론 심각하게 아픈 경우는 예외이다. 하지만 건강한 사람이 침대에 누워 있을 때는 핑계 하나 없이 누워 있으라. 그러면 건강한 사람으로 일어날 것이다. 만일 어떤 부차적이며 건강상의 이유로 누워 있다면, 어떤 과학적인 변명이 따른다면, 건강 염려증 환자가 되어 일어날지도 모른다.

빗속의 낭만

The Romantic In the Rain — 『A Miscellany of Men』(1912)

현대 영국의 중산층은 씻는 것을 열광적으로 좋아한다. 그리고 금주주의에도 종종 열광적이다. 그러므로 나는 그들이 어째서 비에 대해 불가사의한 혐오를 드러내는지 이해할 수 없다. 비, 영감을 고취시키고 즐거움을 주는 이것은 대단히 진기하고도 완벽하게 저 두 이상적인 목표의 특성을 결합시킨다. 우리의 자선가들은 사방에 공중목욕탕을 세우려고 열심이다. 비 내리는 상황이야말로 공중목욕탕이다. 거의 혼탕이라 할 수도 있다. 이 위대한 자연의 정화 작용을 갓 거친 사람들의 모습이 세련되거나 위엄 있지는 않으리라. 하지만 이 문제를 따지자면, 목욕탕에서 나올 때 위엄 있는 사람은 거의 없지 않은가. 본질적으로 비가 계획하고 있는 것은 대규모 정화이다. 비는 어느 정신 나간 위생학자의 꿈을 실현한다. 그리고 비는 하늘을 문질러 닦는다.

그 거대한 빗자루와 대걸레는 우주의 별이 총총한 서까래와, 별이 없는 구석들에도 닿는 듯하다. 우주의 봄맞이 대청소를 하고 있는 것이다.

만일 영국인이 냉수욕을 정말로 좋아한다면, 냉수욕을 겪게 하는 영국 기후에 불평하지 말아야 한다. 요즈음 우리는 각자의 각별하고 소소한 소유물들을 버리고 공동사회제도와 공동사회 기구를 즐기는 일에 합류해야 한다는 말을 끊임없이 듣는다. 나는 철저하게 사회주의적인 시설로 비를 제안한다. 비는 지금까지 신사들을 각자 개인적으로 샤워하게끔 만든, 타락한 섬세함을 무시한다. 그것은 더 나은 샤워실이다. 대중적이며 공용이니까. 또한 무엇보다, 누군가 다른 이가 조종하니까.

금주가water drinker가 느낄 비의 매력과 관련해서 말하자면, 사실 나는 금주가들이 이 매력을 무시하는 것을 이해할 수가 없다. 열광적인 금주가라면 폭풍우를 지구에 펼쳐지는 향연이자 자신이 가장 선호하는 음료를 폭음하는 잔치로 간주해야 한다. 진홍빛 구름이 클라레[1]를 내리거나 황금빛 구름이 혹[2]을 내린다면 와인 애호가들이 얼마나 취할지 상상해 보라. 태고의 어둠 위에다

1 프랑스 보르도 산 적포도주.

2 독일 산 백포도주.

가 종말의 날이 닥쳐온 장면을 그려 보라. 천상에서 샴페인이 불처럼 떨어지는 격렬하고 화려하게 빛나는 하늘이나, 끔찍한 포트와인[3] 색을 띠면서 보라색과 황갈색으로 물드는 어두운 하늘 풍경을. 이러한 것들이야말로 열렬한 금주가가 흠뻑 젖은 기다란 풀들 사이를 뒹굴면서, 황홀감에 들뜬 발꿈치로 하늘을 차대면서, 우렁찬 빗소리를 들으면서 느껴야 하는 것이다. 이 금주가야말로 바커스 신을 따르는 신도처럼 숲을 따르는 진정한 신도여야만 한다. 왜냐하면 숲은 모두 물을 마시고 있으니까. 게다가 분명히 비를 즐기고 있다. 나무들은 미친 듯 기뻐하며 술 취한 거인들처럼 앞뒤로 휘청거린다. 그리고 흥청대는 사람들이 컵을 쨍하고 부딪치듯이 가지들을 부딪친다. 또한 사라지지 않는 갈증을 외치며 세계의 건강을 부르짖는다.

내가 글을 쓰는 동안 주변은 온통 자연이 물을 마시는 소음으로 가득 차 있다. 그리고 자연이 물을 마실 때 내는 소음은 결코 세련되지 않다. 고통받는 자에게 차가운 물 한 잔을 주는 행위를 기독교적 자비라고 친다면, 살아 있는 모든 존재에게 나눠지는 무수한 냉수 잔과, 모든 관목에 내리는 물 한 잔과, 모든 잡초에 뿌려지는 물 한 잔에 대해 나는 불평할 것인가? 불평한다면 부끄러워질 것이다. 필립 시드니 경[4]이 말했듯이, 나보다 그것들

3 포르투갈 산 적포도주.

에게 더 필요하다. 특히 물은.

야성적인 하일랜드[5] 일족의 이름을 아직도 당당하게 간직한 야성적인 의복이 있다. 이 일족의 기백은 비가 오는 게 사건이라기보다는 그냥 일상인 저 구릉 지대로부터 나온다. 상상력 있는 사람이라면 분명 매킨토시[6]를 입을 때마다 자기 안에서 켈트족의 모험심이 격정적인 불꽃으로 피어오르는 것을 느끼리라. 나는 절대로 우산을 쓰지 않는다. 동양의 메마르고 뜨거운 땅에서나 폭군의 머리 위로 거만하게 우산을 떠받히고 있는 것이다. 그리고 우산은 접으면 버거운 지팡이다. 펼치면 부족한 텐트다. 나로 말하자면 걸어 다니는 대형 천막인 척하는 취미는 전혀 없다. 내게는 모자도 대수롭지 않은 것이며 머리통도 전혀 귀한 것이 아니다. 만일 내가 젖지 않게 보호되어야 한다면 그 보호책은 더 익숙하고 무심한, 내가 완전히 잊어버릴 수 있는 것이어야

4 1554~1586. 자신도 부상당한 상태에서 크게 다친 어떤 병사에게 "나보다 그대에게 더 필요하다"며 물을 양보했던 일화로 유명하다.

5 스코틀랜드 산악지대.

6 1823년에 스코틀랜드의 찰스 매킨토시가 자신의 이름을 따서 매킨토시라는 방수외투를 만들었다. 원래는 Macintosh였지만 사람들이 k를 붙여 Mackintosh로 쓰면서 오늘날엔 후자가 표준어로 굳어졌다고. Mackintosh는 방수외투라는 일반어가 되었다. 그리고 진짜 매킨토시 브랜드의 방수외투에는 처음 개발된 고무 재질 원단이 쓰인다.

한다. 어쩌면 이것은 하일랜드의 격자무늬 망토일 수도 있겠다. 혹은 훨씬 더 하일랜드다운 것, 매킨토시라든가.

하일랜드 사람이 쓰는 군수품 수준의 매킨토시에는 정말로 뭔가가 있다. 적절하게 저렴한 매킨토시는 강철 혹은 쇠처럼 푸르스름하고 하얀 광택이 돈다. 마치 갑옷처럼 반짝거리는 것이다. 나는 그것이 오래전 고대 부족이 안개 속에서 습격을 할 때 입었던 제복이라고 상상하길 좋아한다. 매킨토시를 입은 모든 매킨토시 가 사람들이 젖은 방수외투를 햇빛 혹은 달빛에 번쩍이며 어느 비운의 저지대 마을을 급습하는 상상을 하곤 한다. 직접 비치는 원래 빛의 양은 줄어드는 반면 빛을 반사하는 것들은 의심할 나위 없이 증가하는 것. 그것이 비 오는 날씨의 진정한 아름다움 중 하나이기 때문이다. 햇빛은 줄어든다. 하지만 반짝이는 것들은 더욱 많아진다. 작은 못과 웅덩이와 매킨토시처럼 아름답게 반짝이는 것들이. 마치 거울 나라에서 움직이는 것 같다.

빛을 감소시키는 한편으로 그 빛을 두 배로 증가시키는 일은, 비가 일으키는 일상적인 마법 중 가장 우아한 마지막 것이다. 비 때문에 하늘이 흐려지면 대지는 밝아진다. 그리고 베니스의 아름다움이 길거리에(공감하는 자의 눈에) 얼마간 부여된다. 물이 얕게 고인 못은 하늘과 땅의 모든 미세한 부분을 반사한다. 우리는 이중으로 된 우주에 살고 있다. 때로는 수많은 가로등 불빛 아래의 헐벗고 윤이 도는 젖은 보도 위를 걷고 있는 사람이 그

황금빛 유리에 묻은 검은 얼룩처럼 보이기도 한다. 그가 노란 하늘을 날고 있다고 상상할 수도 있으리라. 나무와 도시 들이 조그만 물웅덩이 안에서 머리를 아래로 향한 채 매달려 있는 모든 곳에서, 천체가 뒤집어진 감각은 동일하다. 형체와 그림자, 현실과 반사 사이의 밝고 촉촉하고 눈부신 이 혼란은, 탁월한 본능으로 꿈같은 이중적인 삶을 감지할 수 있는 이들의 마음에 강렬하게 다가올 것이다. 인간에게 하늘을 내려다보고 있는 듯한 이상한 감각을 늘 부여할 것이다.

나는 어떻게 초인을 발견했나

How I Found the Superman — 『Alarms and Discursions』(1910)

버나드 쇼[1]와 그 외 다른 현대 작가들의 독자라면 초인이 발견됐다는 사실에 흥미를 느낄지도 모르겠다. 내가 그를 발견했다. 그는 남크로이던[2]에 산다. 내 성공은, 지금까지 상당히 그릇된 단서를 뒤쫓아온 데다 이제는 블랙풀[3]에서 그 존재를 찾고 있는

1 1856~1950. 아일랜드 출신 극작가이자 사상가, 비평가이며, 페이비언 협회의 일원이었다. 1925년에 노벨상을 수상하였으며 대표작은 『인간과 초인』이다. 체스터튼은 버나드 쇼 비평집인 『조지 버나드 쇼』를 쓰기도 했다. 생전에 체스터튼과 버나드 쇼는 논쟁을 주고 받는 한편으로 친밀한 사이였다.

2 열차를 이용해 런던까지 통근한 중산층들이 거주했던 교외 지역. 이곳은 버나드 쇼와 웰스 같은 당시의 지식인들이 혐오했을 법한 곳이라 하며, 체스터튼은 하필 이곳에서 초인을 발견했다고 함으로써 버나드 쇼를 놀리고 있다고 한다-인용자료: 이안 커(Ian Ker)의 『G. K. 체스터튼 전기(G. K. Chesterton: A Biography)』

쇼 씨에게 엄청난 타격이 되리라. 그리고 늘 나는 개인 실험실에서 초인을 기체로 생성해 낼 거라는 웰스 씨[4]의 생각은 실패로 끝날 운명이라 생각했다. 웰스 씨에게 단언컨대 크로이던의 초인은 평범한 방식으로 태어났다. 당사자는 물론, 평범함과는 거리가 멀지만.

그의 부모는 자신들이 세상으로 내보낸 경이로운 존재에 대해 적절한 자격이 없지는 않았다. 레이디 히파티아 스마이스-브라운(지금은 히파티아 하그 부인)의 이름은 그녀가 훌륭한 사회사업을 벌였던 이스트엔드에서는 결코 잊히지 않을 것이다. '아이들을 지켜 주세요!'라는 그녀의 끊임없는 외침은, 아이들에게 조악하게 색칠된 장난감을 가지고 놀게 하여 그들의 시력을 망치는 잔인한 무관심을 향한 것이었다. 그녀는 반박할 수 없는 통계 자료들을 인용하여 보라색과 주홍색을 접한 아이들은 훗날 최고령에 달했을 때 종종 시력 저하를 겪는다는 사실을 입증했다. 원숭이 막대기[5]라는 역병이 혹스턴[6]에서 거의 쓸려나간 것은 그

3 랭커셔카운티에 있는 해변 휴양지.

4 1866~1946. 『타임머신』, 『투명인간』 등을 쓴 작가. 여기서는 『투명인간』을 빗대고 있다.

5 막대기 끝에 원숭이가 매달려 있는 형태의 장난감.

6 런던 이스트엔드에 자리한 지역.

녀의 끊임없는 박멸 운동 덕분이었다. 이 헌신적인 일꾼은 지치지 않고 거리를 활보하면서 모든 가난한 아이에게서 그 장난감을 수거했는데, 아이들은 종종 그녀의 친절함에 감동해서 눈물을 터뜨렸다. 그녀의 선행은, 조로아스터교[7]의 교리에 대해 새로 일어난 관심과 야만적인 우산 공격에 의해 방해를 받았다. 이 공격을 가한 사람은 한 방종한 아일랜드인 사과장수로, 그녀는 어느 난잡한 술판에서 제대로 간수하지 않았던 자기 아파트로 귀가했을 때 레이디 히파티아가 자신의 침실에서 다색 석판화를 치우는 것을 발견했다. 그 석판화는 아무리 좋게 봐도 정신을 고상하게 만들어 주지 못하는 물건이었다. 이를 보고 무지한 데다 조금 취하기까지 했던 켈트인은 이 사회 개혁가를 세차게 가격하고 도둑이라는 말도 안 되는 비난까지 덧붙였다. 레이디 히파티아의 극도로 균형 잡힌 마음은 충격을 받았으며, 그녀가 하그 박사와 결혼한 것도 이 짧은 정신적 질환을 겪는 동안 일어난 일이었다.

하그 박사 본인에 대해서라면 내가 따로 설명할 필요가 없기

7 고대 페르시아의 종교로 유일신 아후라 마즈다를 믿는다. 선과 악은 항상 투쟁 상태이지만 궁극적으로는 선이 승리할 것이며, 그렇게 되기 위해 사람은 항상 악에 맞서 싸워야 한다고 가르친다. 참고로 니체의 『짜라투스트라는 이렇게 말했다』의 '짜라투스트라'는 조로아스터를 독일어로 발음한 것이다. 그리고 버나드 쇼는 니체의 초인 사상으로부터 영향을 받았다.

를 바란다. 이제는 영국 민주주의의 열띤 관심사가 된 신新 개인주의 우생학의 대담한 실험들에 대해 조금이라도 아는 사람이라면 누구든 그의 이름을 알 것이며, 흔히들 박사의 이름을 비인간적인 힘을 인간적으로 수호함을 의미한다고 여길 것이다. 일찍이 그는, 소년시절에 전기를 다루면서 얻은 무자비한 통찰력을 종교들의 역사에 대입하게 되었다. 후에 그는 우리 시대의 위대한 지질학자도 되었으며, 사회주의의 미래에 관해서 오직 지질학만이 줄 수 있는 대담하고 밝은 관점을 성취했다. 처음엔 하그 박사의 관점과 그의 귀족적인 아내의 관점 사이에 어떤 틈이, 희미하지만 감지할 수 있는 균열 같은 것이 있는 듯 보였다. 아내는 (자기만의 강력한 경구적 표현을 사용하여) 가난한 사람들을 그들 자신에게서 보호해야 한다고 한 반면 남편은 가차 없이 참신하고도 빼어난 비유로, 가장 약한 자가 도태되어야 한다고 선언했기 때문이다. 그러나 결과적으로 이 한 쌍은 자기들의 관점이 명백하게 현대적인 특성 속에서 근본적으로 일치함을 깨달았다. 그리고 이 계몽적이며 알기 쉬운 공식 속에서 그들의 영혼은 안식을 얻었다. 그 결과 우리 문명에서 가장 우수한 인간들에 속하는 상류 계급 숙녀와 거의 서민적인 의학 종사자의 결합은, 배터시의 모든 노동자가 밤낮으로 간절히 고대하고 있는 초인이 탄생함으로써 축복을 받았다.

나는 하그 부부의 집을 어렵지 않게 찾아냈다. 그 집은 크로

이던의 최근에 제멋대로 뻗어 나간 골목길들 중 하나에 위치해 있었으며, 늘어선 포플러 나무들이 집을 굽어보고 있었다. 나는 황혼이 내릴 무렵 문 앞에 다가갔다. 내가 경이로운 존재가 사는 어둑하고 육중한 이 집에서 어둡고 끔찍한 무언가와 근사하게 조우하게 되리라는 건 당연한 일이었다. 집에 들어섰을 때, 레이디 히파티아와 그녀의 남편은 매우 정중하게 나를 맞아 주었다. 하지만 실제로 초인을 만나는 일은 훨씬 더 어렵다는 사실을 깨달았다. 그는 이제 열다섯 살 정도였고 조용한 방에 틀어박혀 있었다. 그 아버지와 어머니와의 대화로도 이 신비로운 존재의 성격이 어떠한지 밝혀내지 못했다. 창백한 얼굴에 쓰라린 표정을 띤 레이디 히파티아는 혹스턴에서 그토록 많은 집을 기쁘게 해 주었던, 쉽게 눈에 안 띄며 한심해 보이는 회색과 녹색이 섞인 옷을 입고 있었다. 그녀는 평범한 인간 어머니가 품는 천박한 허영심을 드러내며 자기 자식에 대해 얘기하지는 않았다. 나는 대담하게 한 걸음 나아가 초인이 잘생겼는지 물었다.

“그 아이는 자기만의 기준을 창조해 내지요. 당신도 알겠지만.” 그녀가 살짝 한숨을 쉬며 대답했다. “그런 차원에서 보자면 아폴론보다 더 대단해요. 우리네 낮은 차원에서 보자면, 물론…….” 그녀는 다시 한숨을 쉬었다.

나는 끔찍한 충동을 느끼고 불쑥 물었다. “아이에게 털은 있습니까?”

길고 고통스러운 침묵이 있었다. 하그 박사가 부드럽게 말했다.

"그 차원에서는 모든 것이 전부 다릅니다. 아들이 가진 것은……, 글쎄요, 물론 우리가 털이라 부르는 것은 아니지요……. 다만……,"

"당신은 털이 아니라고 생각해요?" 그의 아내가 말했다. 아주 조용하게. "당신은 정말로, 토론 삼아 평범한 대중과 얘기를 나눠 본다면, 누군가는 그걸 털이라 부를 거라고 생각하지 않아요?"

"어쩌면 당신이 맞을 수도 있겠지." 박사는 몇 분간 고심한 끝에 말했다. "우화에서 말할 법한 털과 관련지어 본다면."

"그럼 그게 도대체 뭡니까? 털이 아니라면요? 깃털인가요?" 나는 약간 조급하게 물었다.

"깃털은 아닙니다. 우리가 아는 깃털은요." 하그 박사가 끔찍한 목소리로 대답했다.

나는 약간 조급하게 일어났다. "어쨌든 좀 볼 수 있습니까?" 내가 물었다. "나는 저널리스트입니다. 호기심과 개인적인 허영심 외에 세속적인 동기는 전혀 없어요. 그저 초인과 악수를 했다고 얘기하고 싶을 뿐입니다."

아내와 남편은 둘 다 무겁게 일어나, 당황스러워하며 서 있었다. "글쎄요, 물론 당신도 알겠지만." 레이디 히파티아가 귀족적인 여주인답게 정말로 매력적인 미소를 지으며 말했다. "그 애는 악수를 하지 못해요……. 손으로는요, 아시겠죠……. 그 구조가요, 물론……."

나는 모든 사회적 규범을 벗어나서, 그 믿기 힘든 존재가 있으리라 생각되는 방으로 달려갔다. 그러고는 문을 활짝 열어젖혔다. 방 안은 칠흑같이 어두웠다. 하지만 내 앞쪽에서 작고 슬픈 비명이, 더불어 내 뒤에서는 두 개의 새된 비명이 들렸다.

"당신이 저질러 버렸어, 방금!" 하그 박사가 벗어진 이마를 양손에 묻으며 울부짖었다. "당신이 그 애에게 찬바람을 쏘였어. 그 애는 죽었소."

그날 밤 크로이던을 떠날 때, 나는 검은 옷을 입은 사람들이 인간이 전혀 들어갈 수 없게 생긴 관을 옮기는 것을 보았다. 바람이 내 위에서 울부짖으면서 포플러 나무를 뒤흔들어 나무들이 어떤 우주의 장례식의 기둥들처럼 축 늘어져 끄덕거렸다. 하그 박사가 말했다. "정말로, 세상 전체가 더없이 훌륭했던 탄생이 무효로 돌아간 것을 통곡하고 있군요." 하지만 나는 바람의 저 높은 울부짖음에는 일말의 비웃음이 담겨 있다고 생각했다.

순수 혹은 몽상

하얀이라는 순결이 의미하는 것

A Piece of Chalk — 『Tremendous Trifles』(1909)

온통 파랗고 은빛이 감돌던 어느 여름 휴일의 화창한 아침을 기억한다. 그날 나는 딱히 아무 일도 안 하기라는 과업에서 마지못해 스스로를 떼어내어 모자 같은 걸 쓰고 지팡이를 든 다음 아주 선명한 색분필 여섯 개를 주머니에 집어넣었다. 그런 뒤 부엌(집의 다른 공간들과 마찬가지로 서섹스 마을의 아주 체격 좋고 현명한 노부인에게 속해 있다)으로 가서 부엌의 주인이자 점유자에게 혹시 갈색 포장지가 있는지 물었다. 부인은 갈색 포장지를 아주 많이 가지고 있었다. 사실, 너무 많았다. 게다가 부인은 갈색 포장지의 목적과 그 존재 이유를 오해하고 있었다. 갈색 포장지를 원하는 사람은 틀림없이 꾸러미를 포장하려는 것이라고 생각하는 듯했다. 그야말로 내가 가장 하고 싶지 않은 일인데 말이다. 나는 포장이란 정말로 내 지능을 넘어서는 일임을 예전에 알아차렸던 것이다. 이렇게 되어 부인은 내게 그 물질의 내구력과 강인함 같은 여러 특성들을 엄청나게 강조하면서 설명해 주었다. 나는 단지 그 위에 그림을 그리고 싶을 뿐이며 그 그림들이 오래가기를 조금도 바라지 않는다고, 따라서 내 관점에서 보자면 강인함보다 민감한 표면이 중요하며, 이는 상대적으로 포장과는 무관하다는 점을 설명했다. 그녀는 내가 그림을 그리려 한다는 점을 납득하자 메모지를 주어 나를 당황시켰다. 내가 경제적인 이유로 오래된 갈색 포장지에 메모를 하고 편지를 쓴다고 생각한 모양이었다.

그래서 다소 미묘한 이론적 차이를 설명하고자 시도했다. 나는 갈색 포장지를 선호할 뿐 아니라, 종이의 갈색이라는 특성을 선호한다는 점을 말이다. 내가 시월의 숲이나 맥주, 혹은 북쪽 지방의 토탄[1] 줄기에서 보이는 갈색도 좋아하듯이. 갈색 포장지는 창조의 첫 번째 노고 후 찾아온 태곳적 황혼[2]을 대변하며, 밝은 색연필 한두 개로 그 안에서 불의 특징들을, 신성한 어둠에서

1 땅속에 묻힌 시간이 짧아 완전히 탄화하지 않은 석탄. 광택이 없고 검은 갈색을 띤다.

2 창세기에 신이 세상을 창조할 때 가장 먼저 빛을 창조했으며, 그 빛을 낮이라 부르고 어둠을 밤이라 부르면서 창조의 첫 번째 날이 저물었다는 내용이 나온다.

솟아오른 첫 번째 맹렬한 별들처럼 반짝이는 황금색과 피처럼 붉은색과 바다 같은 초록색의 불꽃들을 그려 낼 수 있다. 나는 이 모든 것을 그 노부인에게 (즉흥적으로) 이야기했다. 그러고 나서 갈색 포장지를 분필과 그리고 아마도 다른 것들과 함께 주머니에 집어넣었다. 나는 모든 사람이 자기 주머니에 넣고 다니는 것들이 얼마나 원시적이며 얼마나 시적인지 성찰해 보았으리라 생각한다. 이를테면, 주머니칼은 모든 인간 도구의 표상이자 요람기에 있는 검이다. 한때 나는 오로지 내 주머니에 들어 있는 것들에 대한 시집을 써 보려고 했다. 하지만 지나치게 길어지리라는 생각이 들었다. 대서사시의 시대는 지나간 것이다.

지팡이와 칼과 분필과 갈색 포장지를 가지고, 나는 광활한 구릉지로 나갔다. 부드러운 동시에 강하기 때문에 잉글랜드의 가장 훌륭한 특성을 드러내는 저 거대한 윤곽을 천천히 가로질렀다. 그 부드러움은 짐마차를 끄는 커다란 말들의 부드러움, 혹은 너도밤나무의 부드러움과 동일한 의미를 품고 있었다. 그리고 우리의 소심하고 잔혹한 학설들에 반하여 강한 것이야말로 자비롭다고 선언하는 것이었다. 내가 눈으로 경치를 훑었을 때, 그 풍경은 이곳의 여느 오두막집만큼이나 다정해 보였지만 그 힘은 지진과 같았다. 이 거대한 골짜기에 자리한 마을들이 수세기 동안 안락했음은 알 수 있었지만, 땅의 오름세는 마을들 전부를 쓸어버릴 어느 거대한 물결의 솟구침 같았다.

나는 앉아서 그림을 그릴 자리를 찾아 굽이치는 잔디 여기저기를 돌아다녔다. 제발 내가 자연을 있는 그대로 그리려 했다고는 생각하지 말아 달라. 나는 악마와 사랍[3] 들, 정의의 새벽이 오기 전에 인간이 숭배했던 눈먼 고대의 신들, 강렬한 심홍색 예복을 입은 성자들, 기묘한 초록빛 바다, 갈색 포장지에 밝은 색으로 칠하기에 매우 선명하게 보일 신성하고도 기괴한 모든 상징을 그리려고 했다. 그런 것들이 자연보다 훨씬 더 그릴 가치가 있다. 또한 훨씬 그리기 쉽다. 그때 들판에서 소가 구부정하니 옆으로 다가왔다. 단순한 예술가라면 그 소를 그렸겠지만 나는 늘 네발짐승의 뒷다리를 그리는 데 서툴렀다. 그래서 나는 소의 영혼을 그렸다. 햇빛 속에서 내 앞을 걷고 있는 영혼을 보았던 것이다. 그 영혼은 온통 보라색과 은색이었고 뿔 일곱 개가 달렸으며, 모든 짐승이 간직하고 있는 미스터리를 품고 있었다. 하지만 내가 크레용으로 최상의 풍경을 그려내지 못했다고 해서 풍경이 내게서 최상의 능력을 끌어내지 못한 것은 아니다. 그리고 내 생각엔 이 점이 워즈워스[4] 이전의 옛 시인들에 대해 사람

3 최고위급 천사.

4 1770~1850. 영국 낭만주의 시인.

들이 품는 착각인 것 같다. 이 시인들은 자연에 대해 그다지 묘사하지 않았다는 이유로 자연에 크게 관심이 없었다고 여겨지고 있다.

이 시인들은 커다란 언덕에 대해 쓰기보다 위대한 사람에 대해 쓰기를 선호했다. 하지만 그러한 글을 쓰기 위해서 커다란 언덕에 앉곤 했다. 자연에 대해 많이 논하지는 않았으나, 아마도 자연에 훨씬 더 몰입했을 것이다. 그들은 온종일 바라본 눈부시게 하얀 눈으로 성모의 하얀 로브에 색을 입혔다. 여러 저녁날 문장紋章처럼 하늘에 펼쳐진 황혼의 보라색과 금색으로 전사들의 방패를 장식했다. 수없이 많은 녹색 나뭇잎의 푸른빛이 뭉쳐서 생생한 초록으로 빛나는 로빈 후드의 형상을 이루었다. 기억에서 잊혀 버린 수많은 나날의 파란 하늘 빛깔이 성모의 파란 의복이 되었다. 영감靈感은 햇빛처럼 들어와 아폴론처럼 모습을 드러냈다.

그러나 앉아서 갈색 종이에 이 유치한 형상들을 휘갈기고 있을 때 나는 대단히 불쾌하게도 분필 하나를, 가장 아름다우며 필수적인 분필을 두고 왔다는 사실을 깨달았다. 온 주머니를 뒤져봤지만 하얀 분필을 한 개도 찾을 수 없었다. 자, 갈색 포장지에 그림을 그리는 예술로 대표되는 모든 철학(아니, 종교)에 익숙한 사람들은 하얀색이 절대적이며 필수적인 색이라는 점을 알고 있다. 여기서 나는 도덕적으로 중요한 어떤 것에 대해 꼭 발언해야겠다. 이 갈색 포장지 예술이 밝히는 지혜롭고도 무시무시한 진실들 중 하나는 바로, 하양이 색色이라는 사실이다. 하양은 한낱 색의 부재가 아니다. 하양은 빛나는 적극적인 색으로, 빨강처럼 맹렬하며 검정처럼 뚜렷하다. 말하자면, 당신의 연필이 새빨갛게 타오르면 연필은 장미들을 그리고 연필이 새하얗게 달아오르면 그것은 별을 그린다. 그리고 최고의 종교 도덕관, 예를 들어 진정한 기독교 도덕관의 두세 가지 대담한 진리 중 하나가 정확히 이와 똑같다. 종교 도덕관의 첫째가는 주장은 하양도 색이라는 것이다. 선은 한낱 악의 부재나 도덕적 위험의 회피를 뜻하는 것이 아니다. 선은 고통이나 특정한 냄새처럼 생생하고도 개별적인 것이다. 자비는 다른 사람에게 잔혹하게 굴지 않는다거나, 복수 또는 처벌을 면하게 해 주는 것을 의미하지 않는다. 자비는 본 적이 있든 없든 태양처럼 단순하고도 명백한 것을 의미한다.

순결은 성적으로 부정한 행위를 절제하는 것을 의미하지 않는다. 그것은 잔 다르크처럼 타오르는 무언가를 의미한다. 한마디로 말해 신은 수많은 색들로 그림을 그리지만 하얀색으로 그릴 때만큼 화려하게 그리지는 않는다. 나는 거의 야하게라고 표현할 뻔했을 정도다. 어떤 의미에서는 우리 시대도 이 사실을 깨달았으며 우리의 음침한 복장에 이를 표현해 왔다. 하양이 부정적이고 애매하며 공허한 무색이라는 점이 정녕코 사실이라면 하양은 검정과 회색을 대신해 이 비관적인 시대의 장례식장 의복으로 쓰일 것이다. 우리는 얼룩 한 점 없는 은빛 린넨 정장 코트를 입고 아름다운 칼라꽃만큼이나 하얀 실크해트를 쓴 도시의 신사들을 봐야 하리라. 하지만 이는 실제와 다르다.

한편, 나는 내 분필을 찾지 못했다.

나는 일종의 절망감에 젖어 언덕에 앉아 있었다. 여기서 가장 가까운 마을은 치체스터였는데, 심지어 거기엔 화구상 따위가 있을 리 만무했다. 그렇지만 하얀색이 없다면 내 우스꽝스러운 작은 그림들은 좋은 사람이 존재하지 않는 세상만큼이나 아무 가치가 없을 것이다. 나는 방편을 찾아 머리를 쥐어짜면서 멍청하게 주변을 둘러보았다. 그러다 벌떡 일어나 거듭 폭소를 터트렸다. 소들은 나를 쳐다보더니 위원회를 소집했다. 사하라 사막에서 모래시계에 넣을 모래가 없다고 애통해하는 사람을 상상해 보라. 바다 한가운데서, 화학 실험을 하게 소금물을 좀 가져왔기를 바라는 신사를 상상해 보라. 나는 하얀 분필이 든 거대한 창고 위에 앉아 있었다. 이 풍경 전체가 하얀 분필로 만들어져 있었다. 하얀 분필이 하늘과 맞닿을 때까지 수 킬로미터 멀리까지 깔려 있었다. 나는 몸을 굽혀 앉아 있던 바위에서 한 조각을 떼어 냈다. 바위 조각은 상점에서 파는 분필처럼 매우 선명하지는 않았다. 하지만 효과는 있었다. 나는 기쁨의 무아지경에 빠진 채 거기 서서 이 잉글랜드 남부가 그저 거대한 반도이자, 전통과 문명의 땅만이 아님을 깨달았다. 그보다 훨씬 더 감탄스러운 무엇이었다. 잉글랜드 남부는 하나의 분필이었다.

퍼펙트게임

The Perfect Game —『Tremendous Trifles』(1909)

우리 모두가 자신에게 일어난 기이한 일들에 대해 얘기하지만 정작 그 일들이 초자연적이었음은 믿지 않는 사람들을 만난 적이 있다. 나 자신은 이와 반대되는 위치에 있다. 나는 개인적인 경험이 아니라 지성과 이성에 따라 초자연적인 상황을 믿고 있다. 나는 유령이 보이지 않는다. 그저 그들의 잠재된 가능성을 알 뿐이다. 하지만 이는 온전히 머리로 아는 것일 뿐, 몸으로 겪은 것은 아니다. 나의 신경과 육체는 모두 이 땅에서 나서 단연코 흙으로 만들어졌다.[1] 하지만 기질이 이러한 사람들에게는 기이한 사건 하나도 종종 독특한 인상으로 남으리라. 그리고 내게

1 '땅에서 나와 흙으로 만들어진 사람입니다(코린토 신자들에게 보낸 첫째 서간 15:47)를 인용했다.

벌어진 가장 기이했던 사건은 요 얼마 전에 일어났다. 바로 내가 게임을 하고 있을 때, 그것도 연이어 약 십칠 분 정도 아주 잘 플레이하고 있던 가운데 벌어진 일이었다. 내 할아버지의 유령이 나타났대도 이보다는 덜 놀라웠으리라.

하늘이 파랗고 뜨겁던 계절의 어느 오후, 말로 다 할 수 없을 만큼 놀랍게도 나는 자신이 크로케[2]라 불리는 게임을 하고 있음을 발견했다. 나는 크로케가 리치와 앤소니 트롤럽[3]의 시대에 속하는 것이라 생각했다. 따라서 이런 광경에 정말 꼭 필요한, 매우 길고 풍성한 구레나룻을 기르는 일을 소홀히 해 왔던 것이다. 나는 여기서 파킨슨이라고 부를 어떤 사람과 게임을 했다. 그리고 그와 내가 나눈 반쯤 철학적인 논쟁이 경기 내내 지속되었다. 그 논쟁에서 내가 이겼다는 점은 마음속에 깊이 새겨져 있다. 반면 게임에서 졌다는 점은 명백하며 논란의 여지가 없는 사실이다.

"오, 파킨슨, 파킨슨!" 나는 애정을 담아 맬릿으로 그의 머리

2 맬릿이라 불리는 나무망치로 공을 쳐서, 땅에 박혀 있는 여섯 개의 아치형 후프를 순서대로 통과시킨 다음, 마지막 표적인 나무 말뚝을 먼저 맞추는 쪽이 승리하는 게임. 공을 후프 안으로 통과시키거나 상대방의 공을 맞추면 공을 또 칠 수 있다.

3 1815~1882. 영국 소설가로, 가공의 지방인 바셋을 배경으로 한 여섯 편의 연작 소설 『바셋주 이야기』로 유명하다.

를 어루만지며 외쳤다. "스포츠에 대한 순수한 사랑에서 자네는 얼마나 동떨어져 있는지. 스포츠 능력이 뛰어난 자네가 말이야. 게임을 못하는 우리야말로 게임 그 자체를 사랑하는 자들인 거지. 자네는 영광을 사랑해. 박수갈채를 사랑하지. 승리의 함성을 사랑하고. 하지만 크로케는 사랑하지 않아. 크로케에서 패배를 맛보는 일을 사랑할 때까지는 크로케를 사랑하는 게 아니라네. 이 취미 활동을 관념적으로 흠모하는 건 우리 같은 실력 없는 사람들이지. 예술을 위한 예술을 받아들이는 건 우리라고. 우리는 크로케, 그녀의 얼굴을 볼 수만 있다면 (내 의견을 얘기하자면 말인데) 그녀가 화난 얼굴을 우리에게 돌린대도 만족한다네. 우리더러 아마추어같이 플레이한다고들 하지. 우리는 아마추어라는 호칭을 자랑스럽게 달고 다닌다네. 아마추어란 프랑스어로 애호가를 뜻하니까. 우리는 이 레이디가 내거는 모든 모험에 응하지. 가장 파멸적이거나 끔찍한 모험들을 말이야. 우리는 그녀의 철문(후프를 암시하는 거네만) 밖에서 기다리면서 헛되이 들어가려고 시도하지. 하지만 성급한 데다 기사도 정신으로 가득한 우리의 충실한 공은 고작 크로케 구장의 현학적인 경계선 안에 갇혀 있지 않을 거야. 우리 공은 도처에서 명예를 추구하고 있어. 이것들은 화단과 온실에서 나타나. 앞마당이나 근처 도로에서 발견되기도 하지. 아니, 파킨슨! 좋은 화가는 기술을 가지고 있네. 하지만 자기 작품을 사랑하는 건 서툰 화가 쪽이야. 그리고 좋은 음악가는 자신이 음악가라는 점을 사랑하지. 솜씨 없는 음악가는 음악을 사랑하고. 나는 몹시 순수하고 절망적인 열정으로 크로케를 숭배하네. 이 게임 자체를 사랑해. 풀위에 분필이나 테이프로 표시된 평행사변형을 사랑해. 그 경계선이 내 신성한 조국의 국경인 양, 브리튼의 네 바다들인 양 말일세. 나는 순전히 맬릿의 스윙을 사랑한다네. 공이 딱 하고 내는 소리는 음악이지. 그리고 나에게 네 가지 색깔[4]은 신성하고 상징적인 의미를 띠네. 순교의 빨간색이나, 부활절의 하얀색처럼. 자네는 이 모든 걸 잃은 거네, 불쌍한 내 친구 파킨슨. 자네는 공을 후프 안으로 통과시킬 수 있고 말뚝을 맞출 수 있다는 보잘것없는 위안으로 이런 관점이 부재한 스스로를 위로해야만 하겠지."

나는 우아하고 명랑한 몸짓으로 맬릿을 허공에 흔들었다.

"나를 너무 안타깝게 여기지 말게." 파킨슨이 순전히 비꼬며 말했다. "나는 금방 극복할 테니까. 하지만 내가 보기엔 게임을 좋아할수록 더 잘하고 싶어 할 것 같은데. 게임 자체의 즐거움이 우선한대도 자연스럽고도 불가피하게 성공의 즐거움이 그다음으로 우선하지 않는가? 아니면 기사와 그 연인이라는 자네의 비유를 취해 보도록 하지. 나는 그 신사가 무엇보다도 여인과 함께

4 크로케에서는 보통 검정, 노랑, 빨강, 파랑으로 칠한 공 네 개를 사용한다.

있기를 원한다는 점은 인정하네. 하지만 여자 앞에서 완전히 멍청이처럼 보이고 싶어 하는 신사는 들어 보지 못했어."

"아마 없겠지. 연인 옆의 신사란 대체로 멍청해 보이지만 말이야." 나는 대답했다. "그런데 진실은, 내가 그 비유를 들긴 했지만 거기에 오류가 있다는 거야. 연인이 추구하는 행복은 무한한 행복이지. 제한 없이 뻗어갈 수 있는 것 말이네. 일반적으로 그는 더 사랑받을수록 더 행복해질 거야. 연인 간의 사랑이 강할수록 행복도 강해지는 것은 분명한 사실이지. 하지만 양쪽 선수들이 플레이를 잘할수록 게임도 더 재미있어진다는 것은 사실이 아냐. 이론적으로는—(잘 듣게, 파킨슨!)—이론적으로는 크로케를 너무 잘해서 전혀 즐길 수 없다는 것이 가능하다네. 손으로 집어 들 때만큼 쉽게 이 파란 공을 저기 먼 후프로 통과시킬 수 있다면, 자네는 공을 집어 들지도 않고 후프로 집어넣지도 않을 거야. 그럴 가치가 없을 테니까. 실책 없이 게임을 할 수 있다면 자네는 전혀 게임을 하지 않을 거란 말일세. 게임이 완벽해지는 순간, 게임은 사라지는 거지."

"하지만 자네가 그런 류의 파멸을 초래할 즉각적인 위험에 처한 것 같진 않은데." 파킨슨이 말했다. "자네의 크로케 게임은 그 결점 없는 탁월함으로 사라져 버릴 것 같지 않아. 자네는 현재로선 안전해."

나는 다시 맬릿으로 그를 어루만지고 나서 공을 친 다음, 몸을 돌려 다시 담론을 풀어나갔다.

길고 따뜻한 저녁이 점점 다가와 그때쯤에는 거의 황혼이 드리웠다. 이때까지 나는 주요 원칙 네 가지를 더 전했고, 내 동료는 다섯 번 더 후프를 통과했으며, 땅거미는 어둠으로 바뀌고 있었다.

"이제 그만해야겠어." 파킨슨이 거의 처음으로 공을 놓치면서 말했다. "아무것도 안 보여."

"나도 그래." 내가 대답했다. "그리고 본다한들 내가 아무것도 치지 못한다는 사실을 생각하면 위안이 된다네."

그 말과 함께 나는 뜨겁게 이글거리는 아지랑이 속에서 움직이고 있는 파킨슨의 어슴푸레한 형상을 향해 재빨리 공을 쳐서 어둠 속으로 날려 보냈다. 곧바로 파킨슨이 커다란 고함을 내질렀다. 실로 고함을 지를 법한 상황이었다. 내가 상대방의 공을 제대로 맞춘 것이었다.

놀라움으로 망연자실한 채 나는 어둑어둑한 마당을 가로지른 다음 다시 공을 쳤다. 공은 후프 안으로 들어갔다. 내 눈에는 후프가 보이지 않았지만 이번에 통과시킬 차례였던 후프였다. 나는 머리끝부터 발끝까지 후들거렸다.

어떤 말도 적당치 않아서 나는 침울하게 그 믿기지가 않는 공 뒤에서 허리를 숙였다. 다시 나는 공을 밤으로, 거의 보이지 않지만 말뚝이 있을 거라 막연히 생각되는 곳으로 날렸다. 그리고 쥐죽은 듯한 정적 속에서 공이 말뚝에 묵직하게 부딪혀 딱 하고 울리는 소리를 들었다.

나는 맬릿을 집어 던졌다. “견딜 수가 없어.” 내가 말했다. “내 공이 세 번이나 제대로 날아갔어. 이 세상 일이 아니야.”

“맬릿 집어 들게.” 파킨슨이 말했다. “한 번 더 쳐야지.”

“용기가 안 난다고 하잖나. 내가 또 그렇게 후프를 통과시키면 저 망할 잔디 위에서 춤추는 악마들을 보게 될 거야.”

“왜 악마인가?” 파킨슨이 물었다. “그저 자네를 놀리는 요정들일 수도 있잖나. 그들이 자네에게 ‘퍼펙트게임’을 선사하고 있는 게지. 게임인 게 아니라는 그것을 말이네.”

나는 주변을 돌아보았다. 정원은 불타는 어둠으로 가득 차 있었고, 그 안에서 희미한 반짝거림이 불꽃의 형태를 띠었다. 나는 잔디가 나를 태우기라도 한다는 듯이 그 위를 밟고 지나가, 맬릿을 집어 들고 어딘가로—또 다른 공이 있을지 모르는 어딘가로 내 공을 쳐냈다. 나는 공이 무언가에 닿아 묵직하게 딱 울리는 소리를 들었고, 누가 쫓아오기라도 하듯 집 안으로 뛰어들었다.

세계의 끝

The End of the World — 『Tremendous Trifles』(1909)

나는 강의 U자형 굽이에 반도처럼 위치한 브장송[1]이라는 흥미로운 동네의 조용한 거리들을 잠시 거닐고 있었다. 안내 책자에는 이곳이 빅토르 위고의 고향이며 프랑스 국경 근처에 있는 요새에 둘러싸인 군사 주둔지라 소개되고 있다. 하지만 지붕의 타일들이 전 세계 어느 동네의 타일들보다 더 진기하며 섬세한 색채를 띠고 있는 듯하다는 점은 소개되지 않는다. 그 타일이 어떤 신비한 저녁노을의 작은 구름들처럼 보인다는, 혹은 어느 신비한 물고기의 윤기 흐르는 비늘처럼 보인다는 것도. 이 마을에서는 눈길이 닿는 것마다 어떤 면에서든 매력적이고 심지어 요정

1 프랑스 프랑슈콩테 지역의 두 데파르트망(Doubs Department)의 주도.

처럼 장난기 있어 보인다는 점도 소개되지 않을 것이다. 거리 모퉁이에서 발견하는 조각된 얼굴, 자그마한 아치를 통해 얼핏 보이는 초록색 들판, 혹은 첨탑이나 돔의 에나멜이 띤 뜻밖의 색 같은 것도.

저녁이 다가오고 있었고 석양빛 속에서 그토록 명확하되 그토록 미묘한 모든 색채가 점점 어우러져 한 편의 동화를 쓰는 듯 보였다. 나는 앞에 조그만 장난감 나무들이 늘어서 있는 카페 밖에 잠시 앉아 있었다. 이내 어느 경마차(그렇게 불러야 할 것이다)의 마부가 이쪽으로 다가왔다. 그는 매우 크고 가무잡잡한 프랑스인이었으며, 보기 흔한 사람은 아니었지만 프랑스인의 전형이라 할 만했다. 라블레 풍[2] 프랑스인으로, 거대한 덩치에 피부는 거무스름했으며 벌건 얼굴을 한 걸어 다니는 술통이었다. 그야말로 남쪽 나라의 팔스타프[3]라 할 법했다. 영국인이 아닌 팔

2 외설적이고 풍자적인 작품을 쓴 프랑스 작가 프랑수아 라블레에서 유래된 말. 라블레의 『가르강튀아와 팡타그뤼엘』은 프랑스 르네상스기의 최고 걸작이라 여겨지고 있다.

3 셰익스피어의 『헨리 4세』와 『윈저의 쾌활한 여인들』에 나오는 우스꽝스럽고 어리석은 뚱보로, 후에 베르디가 오페라 〈팔스타프〉를 만들어 골탕 먹는 주인공으로 등장시킨다.

스타프를 상상할 수 있다면 말이지만. 정말로 두 나라의 전형 사이에는 극히 중대한 차이점이 존재한다. 팔스타프가 런던 시내의 자유분방한 광대극을 모조리 보여 주면서 거대한 젤리처럼 흥겹게 몸을 흔들어대는 반면에 이 프랑스인은 어떤가 하면, 마치 즐거움은 이교도의 종교라는 듯이 보다 더 엄숙하고 위엄이 있었다. 우리가 프랑스 문화의 감탄스러운 예절과 평등에 대한 내용으로 가득 찬 대화를 좀 나누고 난 뒤, 그는 열의도 어색함도 없이 나를 자기 마차에 태우고 한 시간가량 마을 밖 구릉으로 나가 보고 싶다고 제안했다. 날이 저물어 가고 있었지만 나는 수락했다. 아치형 입구에서부터 뻗어 나와 언덕을 두르고 있는 길고 하얀 길이 길고 하얀 끈처럼 나를 끌어당겼기 때문이다. 우리는 로마인들이 만든 튼튼하고 땅딸막한 입구를 통과했다. 이때 도시 밖으로 나감과 동시에 프랑스의 삼위일체[4] 같았던 소리 세 가지를 들은 기억이 난다. 일종의 신탁 같았던 우연의 일치였다. 그 소리들은 어느 시인이 "뒤얽힌 삼위일체"[5]라고 불렀던 것을 형성했다. 그리고 난 그 뒤얽힌 소리들을 풀어 줄 생각이 없다. 그 세 가지가 무엇을 의미하든, 어떻게 혹은 어떤 이유로 서로 공존하든, 또는 서로 조화될 수 있든 혹은 이미 조화되었든,

4 기독교에서 신이 성부, 성자, 성령의 세 가지 위격을 지녔으며 모두가 동일한 신격이라는 교의.

그때 우연히 동시에 들은 그 세 가지 소리는 프랑스식 미스터리를 이루었다. 그중 하나는 내 뒤쪽 카지노 마당에서 브라스 밴드가 어느 파리풍 희가극에 나오는 격렬한 곡조를 거의 열정적으로 경박하게 연주하는 소리였다. 이 음악이 이어지는 동안 저 위 구릉 쪽에서 지독한 충성심과 프랑스의 입구에서 항상 무장하고 있는 사람들에 대해 일러 주는 나팔 소리가 들려 왔다. 또 희미하지만 이 모든 소리 사이로 삼종 기도의 종소리[6]가 들려 왔던 것이다.

이런 상징들이 동시에 발생하자 나는 프랑스를, 혹은 심지어 문명화된 세계를 남기고 떠난다는 기이한 느낌을 받았다. 그리고 사실 그 풍경에는 그런 환상을 부추길 만큼 야성적인 무언가가 있었다. 나는 아마도 더 높이 솟은 산들을 보았을 것이다. 하지만 이보다 더 높이 솟은 암석은 보지 못했다. 이토록 가파르

5 시인이자 소설가인 키플링의 단편 「리즈페스」에 나오는 표현을 인용한 것으로 추정된다. 목사 부부를 따르며 자란 이국의 시골 소녀 리즈페스는 마을 사람들과 달리 독실한 기독교 신자였다. 하지만 좋아했던 영국인 청년과 목사의 부인이 거짓말로 자신을 속아넘기자 "무자비한 신과 뒤얽힌 삼위일체(your cold Christ and tangled Trinities)"라고 비난하며 자신의 땅의 신들에게로 돌아선다.

6 가톨릭교에서 그리스도의 수태를 기념하는 삼종 기도 시간을 알리기 위해 아침, 점심, 저녁으로 울리는 종소리.

고 경이로운 고지대와 교회 첨탑처럼 서 있는 바위 조각들, 사탄이 하늘에서 떨어지듯 갑작스레 곧장 떨어지는 절벽은 보지 못했다. 그 길에는 놀라울 뿐 아니라 한편으로 당황스러운 특징도 있었다. 많은 이가 산길로 빠르게 마차를 몰거나 말을 타고 오르면 틀림없이 알아차리게 될 그런 특징이. 거대한 회전 감각, 마치 지구 전체가 사람의 머리 주위를 돌고 있는 것만 같은 감각 말이다. 언덕이 솟아오르다가 거대한 파도처럼 떨어진다는 말로도 부족하다. 그보다는 이 언덕들이 풍차의 거대한 날개들처럼, 무시무시한 대천사가 커다랗게 날갯짓을 하는 것처럼 내 주변을 돌고 있는 듯 보였다. 우리가 모여드는 보랏빛 저녁노을 속으로 계속 나아갔을 때 이런 어지러움이 배가되면서 위아래 것들이 뒤섞였다. 나무가 솟은 바위의 드넓은 장벽이 지붕처럼 내 머리 위로 불거져 있었다. 나는 나무가 우거진 평지를 내려다보고 있다는 상상이 들 때까지 그 광경을 바라보았다. 밑으로는 초록색 비탈이 강물까지 뻗어 있었다. 나는 그 비탈이 하늘까지 뻗어 있다고 상상될 때까지 그 풍경을 바라보았다. 보랏빛 하늘이 어두워지고 밤이 더욱 가까이 다가들었다. 밤은 그저 협곡을 더욱 선명히 파내고 이 악몽 같은 풍경의 뾰족한 탑들을 더 높이 끌어올린 듯했다. 황혼에 잠긴 내 앞에는 마부의 거대한 검은 몸이 있었다. 그의 넓고 텅 빈 등은 와츠[7]의 그림에 등장하는 사신의 등만큼이나 신비로웠다. 나는 자신이 점점 지나치게 환상에 젖어 듣고 있다 싶어서 평범한 것들을 얘기하고자 했다. 나는 프랑스어로 마부를 불렀다. "나를 어디로 데려가는 거요?" 그리고 이는 꾸밈없는 엄숙한 사실인데, 그는 돌아보지도 않은 채 같은 언어로 이렇게 대꾸했다. "세계의 끝으로."

나는 대답하지 않았다. 그저 그가 마차를 어둡고 가파른 길로 끌고 가도록 두었다. 그러다 작은 나무들이 이룬 낮은 지붕 아래에서 불빛과 두 아이를 발견했다. 한 아이는 이상하리만치 아름다웠고 공놀이를 하고 있었다. 그제야 우리가 아주 조그만 마을의 좁은 중심가를 온통 차지하고 있음을 발견했다. 그리고 중심가에 자리한 선술집 벽에는 대문자로 이렇게 쓰여 있었다. LE BOUT DU MONDE–세계의 끝.

마부와 나는 한 마디 말도 없이 여관 밖에 앉았다. 최후의 장소에서는 모든 의식이 자연스러우며 이해를 받는다는 듯이. 나는 우리 둘을 위해 빵과 적포도주를 주문했는데, 포도주는 훌륭했지만 이름은 없었다. 길 반대쪽에는 작고 소박한 교회가 있었고 그 꼭대기에는 십자가가, 그리고 십자가 위에는 수탉이 앉아 있었다. 이곳은 아주 훌륭한 세계의 끝 같았다. 세계의 이야기가 여기서 끝난다면 그 이야기는 아주 잘 끝난 것이리라. 그러다

7 1817~1904. 영국의 화가이자 조각가로, 여기서 말하는 그림은 〈사랑과 죽음(Love and Death)〉이다.

곧 나는 정말로 여기서 끝을 맞이하면 만족스러울지 고심해 보았다. 더할 나위 없이 분명하게 모든 기독교도의 가장 귀한 것들—교회와 노는 아이들과 훌륭한 땅과 사람들이 서로 이야기를 나눌 만한 선술집이 있는 이곳에서. 하지만 생각을 하면 할수록 한 점 의심과 욕망이 안에서 천천히 솟아나, 마침내 나는 벌떡 일어섰다.

"만족스럽지 않소?" 내 동행이 물었다. "그래요." 나는 대답했다. "세계의 끝에서조차 만족스럽지가 않군요."

침묵이 흐른 뒤에 나는 다시 말했다. "왜냐하면 세계에는 끝이 두 군데 있으니까요. 그리고 여기는 다른 세계의 끝이지요. 적어도 나에겐 다른 쪽이에요. 여기는 프랑스의 세계의 끝이지요. 나는 다른 세계의 끝을 원해요. 나를 그 다른 세계의 끝에 데려가 줘요."

"다른 세계의 끝?" 그가 물었다. "그게 어디란 말이오?"

"그건 월햄 그린[8]에 있어요." 나는 쉰 목소리로 속삭였다. "런던 합승마차에 쓰인 문구를 볼 수 있을 거예요. '세계의 끝[9]과 월

8 런던의 풀햄과 첼시의 경계에 위치한 곳으로, 19세기 말부터 20세기 초까지 풀햄의 지하철은 월햄 그린이라는 이름으로 불리기도 했다.

9 '세계의 끝(The World's End)'은 첼시의 킹스로드 끄트머리에 위치한 유서 깊은 선술집으로, 1897년에 재건축되었다. 또한 합승마차들의 종착역으로 쓰였다.

햄 그린'이라고. 아, 나도 이쪽이 얼마나 좋은지 알고 있어요. 당신네 포도밭과 당신네 자유 농민들을 사랑하지요. 하지만 나는 영국의 세계의 끝을 원해요. 당신을 형제처럼 사랑하지만, 영국인 마부를 원해요. 웃기는 사람인 데다 자기 요금이 현재 얼마라고 내게 청구할 사람 말이지요. 당신네 나팔은 내 피를 끓게 하지만, 나는 런던 경찰이 보고 싶군요. 나를, 오, 나를 데려가서 런던 경찰을 보게 해 줘요."

그는 노을의 끝자락을 등지고 상당히 우울하고 고요하게 일어섰다. 나는 그가 이해했는지 아닌지 알 수 없었다. 나는 그의 마차에 다시 올랐다.

"당신도 이해할 거예요." 내가 말했다. "설령 즐길 목적으로 유랑 생활을 하고 있다고 해도 말이지요. 아이는 엄마에게, 사람은 조국에게. 당신네 동포가 말한 적이 있는 것처럼요. 하지만 아마 영국 쪽 세계의 끝까지 가기는 다소 지나치게 먼 길일 테니 브장송으로 돌아가는 편이 낫겠군요."

별들이 그 불멸의 언덕 사이로 솟아오를 때가 되어서야 나는 월햄 그린을 떠올리며 울었다.

내 주머니에서 발견한 것

What I Found In My Pocket —『Tremendous Trifles』(1909)

아주 어렸을 때 나는 제국을 현재와 같이 만든 사람들 중 한 명을 만난 적이 있다. 아스트라칸[1] 코트에, 아스트라칸 수염—뻣뻣하고 까맣고 곱슬거리는 콧수염을 기른 사람을. 그가 코트감으로 수염을 만들어 붙였는지 아니면 그의 나폴레옹 같은 정신이 일반적인 부위뿐만이 아니라 의복 전체에서 작은 콧수염들이 자라나게 한 건지는 나도 모르겠다. 다만 기억하는 것은 그 사람이 내게 다음과 같은 말을 했다는 점뿐이다. "요즘에는 주머니에 손을 넣고 빈둥거려서는 살아나갈 수가 없다네." 나는 상당히 뚜렷하게 건방진 태도를 내보이면서 어쩌면 사람은 다른 이

1 카라쿨 새끼양의 뻣뻣하고 곱슬곱슬한 검은 털로 만든 모피나 이것과 비슷하게 만든 직물을 가리킨다.

들 주머니에 손을 집어넣으면서 잘 영위해 갈지도 모른다고 대답했다. 그러자 그가 도덕의 발달에 대해 따지기 시작했으므로 나는 내 말에 일말의 진실이 담겨 있었다고 생각한다. 하지만 이 사건은 지금 다시 머릿속에 떠올라 다른 사건과 관계를 맺게 되었으니—그 일을 사건이라 할 수 있다면 얘기지만—바로 요전 날 일어났던 사건이다.

나는 인생에서 단 한 번 누군가의 주머니를 턴 적이 있다. 그리고 (아마 정신을 놓고 있었기 때문이었을 텐데) 내가 뒤진 것은 바로 자신의 주머니였다. 내 행동의 이유는 사실 이렇게 설명될 수 있다. 나는 자신의 주머니에서 물건들을 꺼내면서 도둑들이 느끼는 긴장되고 떨리는 감정들 중 적어도 한 가지를 맛보았던 것이다. 주머니에서 무엇이 나올지에 대해 전적으로 무지했기에 깊은 호기심이 솟구쳤다. 나를 깔끔한 인간이라 부른다면 아마도 과장된 찬사이리라. 그럼에도 나는 어느 때건 내가 가진 모든 소유물에 대해 상당히 만족스럽게 설명을 해 줄 수가 있다. 그 물건들이 어디 있는지, 그것들로 내가 무엇을 했는지, 언제든 들려줄 수 있다. 그 물건들이 주머니 밖에 있는 한은 말이다. 일단 무엇이든 간에 알려지지 않은 이 심연에 빠져 버리면 나는 그 물건에 베르길리우스 식 슬픈 작별을 고한다. 추측컨대 내가 주머니에 떨어뜨린 물건들은 아직 거기에 있을 것이다. 그리고 이와 똑같은 가정은 내가 바다에 떨어뜨린 물건들에도 적용된다. 하지만 나는 이 두 바닥 모를 깊은 틈에 쌓인 재물들에 똑같이 겸허하게 무지하다. 사람들은 마지막 날이 오면 바다가 죽은 자들을 내어놓을 거라고 한다. 나는 동일한 상황이 오면 내 주머니에서 비범한 것들이 줄지어 빠져나오리라 생각한다. 하지만 그게 어떤 것들이었는지는 완전히 잊어버렸으며, 발견된다고 해도 내가 정말 놀랄 만한 것은 없다(돈만 빼고).

위와 같은 무지한 상태가 이제까지의 내 모습이었다. 하지만 나를 무자비하고 제정신이 박힌 인간으로 변화시켜 주머니를 뒤집게 했던 그 특별하고 특수하며, 지금까지 전례가 없던 상황을 잠깐만 회상해 볼까 한다. 나는 상당히 긴 여정 동안 삼등칸에 갇혀 있었다. 시간은 저녁을 향하고 있었지만, 사실은 어느 다른 때였을 수도 있다. 꾸준하게 억수처럼 퍼붓는 색채 없는 빗물로 인해, 대지나 하늘이나 불빛이나 그늘처럼 생긴 것들이 푹 젖은 거대한 붓으로 칠해져 있는 듯했기 때문이다. 나는 책도 신문도 가지고 있지 않았다. 심지어 종교적인 서사시를 쓸 만한 연필과 종잇조각 하나 없었다. 객차의 벽에도 광고문 하나 붙어 있지 않았는데, 그렇지 않았다면 광고문을 열심히 연구해 볼 수 있었을 테다. 인쇄된 문자들은 정신적 창의력이 얼마나 무한하게 복잡하기 짝이 없는지를 충분히 시사해 주기 때문이다. '햇살 비누'라는 단어를 마주하고 있다면, 나는 비누라는 보다 마음에 덜

드는 주제로 나아가기 전에 태양 숭배, 아폴론, 그리고 여름 시의 모든 측면을 샅샅이 파헤칠 수 있을 것이다. 하지만 어디에도 인쇄된 활자나 그림은 없었다. 객차 내에는 공허한 나무판밖에 없었고, 밖에는 공허한 비뿐이었다. 자, 나는 어떤 것이든 흥미롭지 않다는, 혹은 흥미롭지 않을 수 있다는 사실을 아주 열정적으로 부정한다. 그래서 벽과 의자의 접합 부분을 응시하면서, 나무라는 매혹적인 주제에 대해 열심히 생각하기 시작했다. 어째서 예수는 벽돌공이나 제빵사나, 혹은 다른 무엇이 아니라 목수였는지 막 깨닫기 시작했을 즈음, 갑작스레 나는 자세를 바로 하면서 주머니를 떠올렸다. 나는 미지의 보물을 지니고 있었다. 몸 곳곳에 미지의 수집품들로 이루어진 대영 박물관과 사우스켄싱턴 박물관을 매달고 있었던 것이다. 나는 곧 물건들을 꺼내기 시작했다.

내가 처음으로 꺼낸 것은 잔뜩 쌓인 배터시 전차표들이었다. 종이를 뿌리며 노는 술래잡기를 하기에 충분한 양이었다. 이 표들을 흩뿌리자 마치 축제 때 뿌리는 색종이처럼 흩날리며 내려앉았다. 그리고 물론, 무엇보다 내 애국심이 솟아나게 했으며 눈에는 눈물이 고이게 했다. 게다가 내가 필요로 했던 인쇄된 글자를 공급했으니, 뒷면에서 어떤 알약에 대한 짧지만 인상적이고 소소한 과학 에세이들을 발견했던 것이다. 상대적으로, 당시의 내 결핍된 상태에서는 이 티켓들이 적지만 잘 정선된 과학 장서로 간주될 법했다. 기차 여행이 몇 달간 더 지속되었다면(당시엔 그럴 것 같았다), 상상컨대 나는 그 알약의 논쟁이 되는 부분을 파고들어, 제공된 이 자료를 두고 각각 찬반양론 답변들을 짜고 있었을 것이다. 하지만 결국 내 마음을 가장 움직였던 것은 그 티켓들의 상징적인 속성이었다. 성 조지 십자가가 잉글랜드의 애국심을 의미하는 것처럼[2] 이 종이들은 이제는 아마도 잉글랜드의 가장 큰 희망일, 지역 사랑[3]을 의미했기 때문이다.

그다음으로 내가 꺼낸 것은 주머니칼이었다. 주머니칼은 말할 것도 없이, 오로지 주머니칼에 대한 도덕적 명상으로 가득 찬 두꺼운 책이 있어야 한다. 칼은 우리 인간 문명 전체가 의지하고 있는 낮고 두꺼운 베개처럼 실용적인 근원들 중에서도 가장 원시적인 것을 상징한다. 이 금속, 쇠라고 불리는 것과 강철이라 불리는 것의 미스터리는 반쯤 멍한 상태에 빠져 있던 나를 일종의 백일몽으로 이끌었다. 나는 길게 뻗은 흐릿하고 축축한 숲의 온통 평범한 돌 가운데에서 이상한 돌을 처음 발견한 사람을

2 잉글랜드 국기는 '성 조지의 십자가'를 의미한다.

3 19세기에 영국의 지방자치와 자치구 제도가 본격적으로 체계화되었고 점차 다양한 계층의 지역민들이 지방정치에 참여하는 형태로 발달했다.

보았다. 어슴푸레하게 비치는 잔인한 전쟁에서 한 필사적인 남자의 손에 들린 새롭고 빛나는 무언가를 상대로 돌도끼가 부러지고 돌칼이 쪼개지는 장면을 보았다. 나는 지구상의 모든 모루를 내려치고 있는 지구상의 모든 망치들 소리를 들었다. 봉건 시대의 모든 검과 산업 전쟁이 남긴 모든 상처를 보았다. 왜냐하면 나이프도 짧은 검이며, 따라서 주머니칼pocket-knife은 비수匕首이기 때문이다. 나는 주머니칼을 펼쳐서 날이라고들 부르는 그 반짝거리고 무시무시한 혀를 바라보았다. 그러고는 어쩌면 이것이 인간의 필수품 중 가장 오래된 것을 상징할지도 모른다고 생각했다. 그러나 바로 다음 순간 내가 틀렸음을 알아차렸다. 이번에 주머니에서 나온 것이 성냥상자였기 때문이다. 그때 나는 불을 보았다. 강철보다 더 강하고 더 오래되었으며 맹렬하지만 여성적인 것, 우리 모두가 사랑하는 것, 그러나 감히 만지지 못하는 것을.

그다음으로 발견한 것은 분필이었다. 나는 그 분필에서 세상의 온 예술과 프레스코화를 보았다. 이번에는 아주 소박한 금액의 동전이 나왔다. 그리고 내가 그 동전에서 본 것은 우리네 황제의 이미지와 이름만이 아니라, 세상이 시작된 이래 존재했던 모든 정부와 질서였다. 그런데 쏟아져 나온 이 시적인 상징물들의 길고도 장엄한 행렬에 뭐가 있었는지 더 얘기할 만한 지면이 없다. 주머니에 들어 있던 것을 모조리 열거하기란 불가능하다.

다만 내가 주머니에서 찾을 수 없었던 한 가지를 말해 줄 수 있다. 내 기차표 말이다.

유령들의 가게

The Shop of Ghosts —『Tremendous Trifles』(1909)

우주에서 가장 멋지고 소중한 것들은 거의 모두 반 페니짜리 동전 한 개로 얻을 수 있다. 물론 해, 달, 지구, 사람, 별, 뇌우, 그런 소소한 것들은 예외로 하겠다. 이것들은 공짜로 얻을 수 있으니까. 그리고 또 다른 예외가 있는데 그것은 이 지면에서 말할 수가 없다. 이 예외의 최저 가격은 1페니 반이다. 하지만 바로 대체적인 법칙을 알 수 있을 것이다. 이를테면, 내 뒤쪽 거리에서 지금 반 페니에 전차를 탈 수 있다. 전차를 타는 것은 동화 속의 날아다니는 성에 타는 것이다. 밝게 채색된 수많은 거리를 반 페니에 얻을 수 있다. 또한 이 글을 읽을 기회도 반 페니에 얻을 수 있다. 물론, 다른 개별적인 내용들과 함께.

하지만 반 페니로 얻을 수 있는 가치 있는 것들이 이룬 혼란스럽고 방대한 집합체가 무엇인지 보려면, 지난밤에 내가 하고 있던 대로 해야 한다. 나는 배터시에서 가장 우중충하고 좁다란 골목에 있는 아주 조그맣고 어렴풋하게 불을 밝힌 장난감 가게의 진열창에 코를 붙이고 있었다. 그 네모진 불빛은 그토록 흐릿했는데도 (언젠가 한 아이가 내게 말했듯이) 신께서 만드신 모든 색채로 가득 차 있었다. 이 가난한 사람의 장난감들은 이것들을 사는 아이들과 닮았다. 그 장난감들은 모두 더러웠다. 하지만 모두 밝았다. 나로 말하자면, 밝음이 깨끗함보다 더 중요하다고 생각한다. 전자는 영혼의 속성이고, 후자는 육신의 속성이기 때문이다. 양해해 달라. 나는 민주주의자다. 나도 내가 현대적인 이 세상에서 약간 구식이라는 점을 알고 있다.

나는 그 소소한 경이로움의 궁전을, 작은 초록 버스들을, 작고 파란 코끼리들을, 작은 흑인 인형들을, 작고 빨간 노아의 방주들을 쳐다보면서 일종의 불가사의한 무아지경에 빠져들었던 게 틀림없다. 그 불 켜진 가게 창문이 매우 화려한 코미디를 보고 있을 때처럼 휘황찬란하게 밝혀진 무대가 되었기 때문이다. 극장에서는 어두운 좌석과 어슴푸레한 관객들을 잊는 것처럼, 나는 내 뒤에 있는 우중충한 집들과 꾀죄죄한 사람들을 잊어버렸다. 유리 뒤에 있는 조그만 물건들이 장난감들이라서가 아니라 아주 멀리 있기 때문에 조그만 것처럼 느껴졌다. 녹색 합승마차는 진짜 녹색 합승마차였다. 베이스워터[1]까지 다니는 이 녹색 베이스워터 합승마차는 지금 거대한 사막을 건너는 중이었다. 파란 코끼리는 더 이상 페인트 때문에 파란 것이 아니었다. 거리가 멀기 때문에 파란 것이다. 흑인 인형은 모든 풀이 불타오르고 오직 인간만이 검은 땅에서 열정적인 열대 나뭇잎을 배경으로 두드러져 보이는 진짜 흑인이었다. 붉은 노아의 방주도 비로 불어난 바다 위를 항해하는, 이 땅의 구원을 담은 거대한 배였고 희망의 첫 아침에 붉게 물들었다.

모든 이가 이토록 강렬한 몰두의 순간을, 마음속의 빛나는 공동空洞을 알 것이다. 이럴 때 사람들은 가장 친한 친구의 얼굴을 안경 혹은 수염으로 이루어진, 아무 의미 없는 무늬로 보게 된다. 이런 순간의 대체적인 두 가지 특징은, 느리게 확장되었다가 갑작스럽게 종료한다는 점이다. 현실 사고로의 귀환은 종종 사람에게 부딪히는 것만큼이나 갑작스럽다. 그리고 (내 경우에는) 진짜로 매우 자주 사람하고 부딪히기도 한다. 하지만 어떤 경우에든 그 깨달음은 명확하며 그 자체로 완결적이다. 자, 이 경우에는, 나는 화들짝 놀라며 우중충한 작은 장난감 가게를 응시하고 있을 뿐이라는 자각으로 돌아왔다. 하지만 어떤 기이한 면에서 정신적인 회복은 종결되지 않았던 것 같다. 내가 웬 기이한 환경 속을 거닐었다고, 혹은 내가 이미 웬 기이한 일을 행

1 런던 중심가 지역.

했다고 말하는, 제어할 수 없는 무언가가 여전히 마음속에 있었다. 나는 마치 기적을 행했거나 죄를 범한 것처럼 느꼈다. 어쨌거나 영혼의 어떤 경계를 넘어선 것 같았다.

나는 이 위험하고 몽상적인 감각을 떨치기 위해서 가게 안으로 들어가 목각 병정들을 사려고 했다. 가게 안의 남자는 매우 늙고 쇠약했으며, 헝클어진 백발이 머리통과 얼굴 반을 뒤덮고 있었다. 머리카락은 놀라우리만치 하얘서 거의 가발처럼 보였다. 그러나 그는 노쇠한 데다 아파 보이기까지 했음에도 눈에 고통이라고는 전혀 없었다. 오히려 불친절하지 않은 부패를 겪으며 서서히 잠들어 가고 있는 것처럼 보였다. 영감은 내게 나무 병정들을 건네 주었다. 그러나 내가 돈을 꺼내자 처음엔 그 돈을 보지 못한 듯했다. 그는 돈을 보며 힘없이 눈을 깜박인 다음 힘없이 돈을 밀쳤다.

"아니, 아니." 그는 희미하게 말했다. "나는 돈을 받지 않소. 받지 않아. 이 가게는 좀 구식이거든."

"돈을 받지 않는 건 구식이라기보다 완전히 신식인 것 같은데요." 나는 대답했다.

"난 돈을 받지 않소." 영감은 눈을 깜박이고 코를 풀면서 말했다. "항상 선물을 주곤 했지. 이 짓을 그만두기엔 너무 늙었다오."

"맙소사!" 나는 말했다. "그게 무슨 뜻이랍니까? 나 원, 영감

님은 산타클로스일지도 모르겠군요."

"맞소, 산타클로스요." 그는 미안한 듯이 말하고, 다시 코를 풀었다.

바깥 거리의 가로등에는 아직 불이 들어오지 않았을 터였다. 아무튼 어둠을 배경으로 빛나는 진열장 유리 빼고는 아무것도 보이지가 않았다. 거리에서는 발소리도, 목소리도 들리지 않았다. 어쩌면 나는 해가 뜨지 않는 어떤 새로운 세계로 잘못 들어섰는지도 몰랐다. 하지만 무언가가 상식의 줄을 잘라 버렸고, 나는 졸리기만 했을 뿐 놀라지도 않았다. 무언가가 나를 이렇게 말하게 했다. "아파 보이시네요, 산타클로스 영감님."

"나는 죽어 가고 있소." 그가 말했다.

나는 아무 말도 하지 않았고, 다시 말을 꺼낸 것은 영감이었다.

"새로운 사람들은 모두 내 가게를 떠났지. 나는 그걸 이해할 수가 없소. 그자들은 나를 이상하고도 일관성 없는 이유들로 반대하는 것 같더군. 과학자들하고 혁신가들 말이오. 이들이 말하길 내가 사람들에게 미신을 안겨 줘서 지나치게 공상가로 만든다는군. 내가 사람들에게 소시지를 줘서 너무 천박하게 만든다하고. 내 거룩한 부분은 지나치게 거룩하고, 내 세속적인 부분은 지나치게 세속적이라오. 이자들이 뭘 원하는지 나는 모르겠어, 정말로. 어떻게 거룩한 것들이 지나치게 거룩할 수 있고, 세속적인 것들이 지나치게 세속적일 수가 있나? 어떻게 누군가가 지나치게 선하거나, 지나치게 유쾌할 수가 있어? 나는 모르겠소. 그래도 한 가지는 아주 잘 알겠더군. 이 현대적인 사람들은 살아 있고 나는 죽었지."

"당신은 죽을지도 몰라요." 내가 대답했다. "그건 당신도 알아야 할 테지요. 하지만 저 사람들의 모습을 살아 있다고 표현해선 안 돼요."

어쩐지 깨지지 않았으면 싶은 침묵이 별안간 우리 사이에 내려앉았다. 하지만 침묵은 얼마 머물지 못했다. 그 완전한 고요함이 깔린 가운데 멀리서 희미하게 매우 빠른 걸음 소리가 들리더니 길을 따라 점점 더 가까워졌다. 다음 순간 어떤 형체가 가게로 뛰어들어 문간에 버티고 섰다. 그는 서둘렀던 듯이 뒤로 젖혀진 커다란 하얀 모자를 쓰고 있었다. 꽉 끼는 검은색 구식 바지를 입고, 화려한 구식 장식깃을 달고 조끼를 입고, 낡고 멋진 코트를 걸쳤다. 크게 뜬 커다란 눈은 매력적인 배우의 눈처럼 반짝거렸다. 창백하고 초조한 얼굴에는 수염이 턱 가장자리를 따라 나 있었다. 그는 문자 그대로 눈 깜짝할 새에 가게와 노인을 한 번 보고는 완연히 충격을 받은 사람이 지를 법한 감탄사를 내뱉었다.

"하느님 맙소사!" 그가 소리쳤다. "당신일 리가 없어요! 당신이 아냐! 나는 당신 무덤이 어딘지 물어보러 왔단 말이오."

"나는 아직 안 죽었소, 디킨스 씨." 늙은 신사가 희미하게 웃으며 말했다. "하지만 죽어 가고 있지." 그러고는 안심시키듯이 서둘러 덧붙였다.

"하지만, 제기랄, 당신은 내가 살던 시대에서도 죽어 가고 있었잖소." 찰스 디킨스 씨가 활기차게 말했다. "게다가 그때보다 하루도 더 나이를 먹은 것 같아 보이지 않아요."

"나는 오랫동안 이런 상태였소." 산타클로스가 말했다.

디킨스 씨는 등을 돌려 문 밖 어둠 속으로 머리를 내밀었다.

"딕, 그가 아직 살아 있네." 디킨스 씨가 목청껏 소리쳤다.

또 다른 그림자가 문간을 그늘지게 하더니, 거대한 가발을 쓴 훨씬 더 크고 훨씬 더 혈기왕성한 신사가 앤 여왕 시대 스타일로 재단된 군인 모자로 상기된 얼굴에 부채질을 하면서 들어왔다. 남자는 군인처럼 머리를 젖히고 있었고, 달아오른 얼굴은 오만하기까지 한 표정을 띠고 있었다. 그러나 눈에 이르면 갑작스럽게 달라졌는데, 문자 그대로 개의 눈처럼 겸손한 눈이었다. 남자의 검이 마치 그 가게는 검에 비해 너무 작다는 듯이 크게 철컥거렸다.

"정말이군." 리처드 스틸 경[2]이 말했다. "그야말로 정말 기절할 만한 일이야. 저자는 내가 로저 드 카발리 경[3]이 보낸 크리스마스 날에 대해 썼을 때도 죽어 가고 있었는데."

내 감각은 점점 더 몽롱해졌고, 방은 더욱 어두워졌다. 새로운 방문자들로 꽉 찬 듯이 보였다.

"항상 그런 줄로 알았지." 어느 건장한 남자가 말했다. 그는 우스꽝스러우면서 약간 고집스러운 느낌으로 머리를 비딱하게 기울이고 있었다. 나는 그 남자가 벤 존슨[4]이라고 생각했다.

"그런 줄로 알았소, 제이콥 영사. 돌아가신 여왕과 제임스 왕하에서 그런 훌륭하고 따듯한 관습들은 병들었고, 세상에서 사라지는 줄로 알았지. 저 회색 수염은 단언컨대 내가 그를 알던 때에도 지금보다 더 윤이 나진 않았소."

그리고 나는 로빈후드처럼 녹색 옷을 입은 남자가 약간 노르만 억양이 섞인 프랑스어로 이렇게 중얼거리는 소리도 들은 것 같았다. "하지만 나는 저 남자가 죽어 가는 걸 봤는데."

2 1672~1729. 영국의 수필가 겸 언론인이자 정치인으로, 젊은 시절에 군인이기도 했다. 친구이자 문학가인 조지프 애디슨과 함께 1711년에 《스펙테이터》를 펴냈고 1713년에는 《가디언》을 창간했으며 많은 에세이를 남겼다.

3 《스펙테이터》에는 가상의 화자들이 쓴 글이 실렸는데, 로저 드 카발리 경은 그 가상의 화자 중 한 명이다. 또한 '로저 드 카발리'는 일종의 민속 댄스를 가리키며 찰스 디킨스의 『크리스마스 캐롤』에도 언급된 적이 있다. 《스펙테이터》의 로저 드 카발리 경은 이 춤을 만든 사람의 손자라는 설정이라고 한다.

4 1572~1637. 영국의 극작가, 시인, 평론가.

"나는 오랫동안 이런 상태였다오." 산타클로스가 다시 한 번, 그 힘없는 목소리로 말했다.

찰스 디킨스 씨가 갑자기 그를 향해 몸을 숙였다.

"언제부터요?" 그가 물었다. "태어난 이래 죽 그런가요?"

"그렇지." 노인이 대답하곤, 떨면서 의자에 몸을 묻었다. "나는 늘 죽어 가고 있었지."

디킨스 씨는 군중에게 봉기하라고 외치는 사람처럼 화려하게 모자를 벗었다.

"이제야 알겠군." 그가 외쳤다. "당신은 결코 죽지 않을 거요."

후기

분노한 작가의 작별 인사

The Angry Author: His Farewell — 『A Miscellany of Men』(1912)

내가 이 오래된 글들을 다시 출판한 이유는, 그 글들이 매우 논란이 많은 시기를 다루고 있고 그동안 내가 거의 모든 논쟁에 눈에 띄든 안 띄든 끼어 있었기 때문이다. 그리고 나는 이 마지막 글에 그 모든 것에 대해 고별인사를 보내는 왜곡을 그러담고자 한다. 그런 다음에는 이런 발언들을 넘어서 평화가 있는 무언가, 즉 숭고한 데다 매우 필수적인 페니 드레드풀[1] 작품을 집필하려고 한다. 하지만 통속 소설이라는 실재를 위해 이성주의라는 착각을 버리기 직전에 마지막으로 한 번만, 합리주의자들에게 그렇게 완벽히 비이성적으로 굴지 말라고 노호하는 격렬한 책을 쓰고 싶다. 그 책은 십계명처럼 극단적인 금지 사항들을 늘

1 과거 1페니에 팔렸던 통속적인 싸구려 소설.

어놓은 것에 불과하리라. 나는 그 책을 '독단주의자들이 하지 말아야 할 것들. 혹은 내가 질려 버린 것들'이라 부르겠다.[2]

이 지적 에티켓에 대한 책은, 에티켓에 대한 책 대부분이 그렇듯이 피상적인 내용들부터 다룰 것이다. 하지만 거짓말이라고는 불릴 수 없는 그 말들에는 훌륭한 저주가 담겨 있을 것 같다. 그러므로 그 책은 다음과 같이 시작할 것이다.

1) 명사를 쓴 다음에, 그 명사에 줄을 그어 지우는 꼴인 형용사를 쓰지 마라. 형용사는 뜻을 한정하는 것이지, 뜻을 부정할 수는 없다. "국경에 얽매이지 않는 애국심을 발휘해 달라"라고 말해서는 안 된다. 이는 이렇게 말하는 것과 같다. "돼지고기가 들어가지 않은 돼지고기 파이를 주시오." "특별한 교의가 없는 더 큰 종교를 기대합니다"라고 말하지 마라. 이는 이렇게 말하는 것과 같다. "발이 없는 더 큰 네발짐승을 기대합니다." 네발짐승은 발이 네 개라는 뜻이다. 종교는 우주를 설명하는 어떤 교의로 인간을 인도하는 무엇을 뜻한다. 즐겁고 생동감 넘치는 형용사로 유순한 명사

2 이 에세이는 1910년 《데일리 뉴스》에 처음 게재되었을 때, 「하지 마라(Don't)」라는 제목으로 게재되었다가 후에 『잡동사니들(A Miscellany of Men)』에 실렸을 때 제목이 변경되었다.

를 완전히 죽이지 마라.

2) 어떤 말을 하지 않겠다고 한 다음에 그 말을 하지 마라. 이런 관행은 연설가들 사이에서 매우 번성하고 있으며 성공을 거두고 있다. 먼저 부정적인 말로 어떤 관점을 부인한 다음 긍정적인 말로 그 관점에 대해 되풀이하는 것이 그 수법이다. 어쩌면 이 수법의 가장 단순한 형태를 내 이웃에 사는 한 집주인의 말 속에서 발견할 수 있을지도 모른다. 그는 선거 연설을 하면서 자신의 세입자들에게 이렇게 말했다. "물론 나는 여러분을 위협하는 것이 아닙니다만 이 예산안이 통과되면 집세는 오를 겁니다." 이외에도 다양한 형태로 행해질 수 있다. "나는 정당 정치를 결코 논하지 않을 겁니다. 단, 무책임한 급진주의자들 때문에 제국이 산산조각 나는 꼴을 볼 때는 제외하고요"라는 등등. "이 홀에서 우리는 모든 교리를 환영합니다. 우리는 정직한 신앙에 어떤 적의도 가지고 있지 않습니다. 다만 이러이러한 교리를 인정하는 이단자들의 정략과 맹신을 적으로 간주할 뿐입니다"라는 등등. "나는 독일과 우리의 관계를 교란시킬 말은 한 마디도 하지 않겠습니다. 다만 끊임없이 무분별하게 확충되는 군비를 목도할 경우 이것만은 말할 것입니다"라는 등등. 제발 그러지 마라. 말을 할 건지 말 건지 정하라. 그러나 말하지 않겠다고 약속함으로써 그 무언가에 대한 언

급을 누그러뜨렸다고 생각지 마라.

3) 이차적인 단어를 일차적인 단어로서 쓰지 마라. (예를 들면) '행복'은 일차적인 단어다. 당신은 스스로가 행복할 때 이를 인지하며, 그렇지 못할 때도 틀림없이 안다. '진보'는 이차적인 단어다. 누군가가 행복이나 매우 견고한 이상에 어느 정도 다가갔는지를 의미한다. 하지만 현대의 논쟁들은 끊임없이 이 질문을 다룬다. '행복이 진보를 돕는가?' 예를 들어 보자면 나는 이번 주 《뉴 에이지》[3]에서 에거튼 스완 씨의 편지를 보게 되었는데, 그는 편지에서 세상 사람들에게 나와 내 친구 벨록을 조심하라고 경고했다. 우리의 민주주의가 "발작적"인(그게 무슨 뜻인지 몰라도) 반면 우리의 "반동주의reactionism[4]는 안정적이며 영구적이다"라는 이유로 말이다. 민주주의는 그 자체로 의미가 있는 반면에 '반동주의'는 민주주의와 관련되어 있지 않으면 아무 의미도 없다는 사실이 스완 씨에겐 전혀 떠오르지 않았던 것이다. 무언가가 있지 않고서야 반응할 수가 없다. 스완 씨는 내가 국민이 지배해야 한다는 원칙에 반발한 적이 있는 것

3 1894년부터 발간된 영국 문학잡지.

4 진보주의의 반대 개념으로, 진보에 대한 반작용으로 구체제로 돌아가려는 정치적 사상.

같다면, 나에게 그 자료를 제시해 주길 바란다.

4) "참된 종교적 교리는 없다. 저마다 자신이 옳고 나머지가 틀렸다고 믿기 때문이다"라고 말하지 마라. 아마도 그 교리들 중 하나는 옳고 나머지는 틀렸으리라. 다양성은 관점들 대다수가 틀린 게 분명하다는 사실을 보여 준다. 하지만 가장 취약한 논리를 대면서 그 관점들이 모조리 틀리다는 점을 드러내지는 않는다. 나는 더비에서 어느 말이 우승할지보다 더 절실하게 의견이 갈리는 주제는 없다고 믿는다. 우승에 대한 각자의 예상은 신성한 신념임이 분명하다. 사람들은 이를 위해 파산을 무릅쓴다. 포토시에 돈을 전부 거는 사람은 그 동물을 믿어야 하며, 다른 네발짐승들에 마지막 남은 돈을 거는 이들도 각자 그 짐승들을 그만큼 진심으로 믿어야 한다. 이 사람들은 모두 진지하지만, 대부분이 틀린다. 그러나 이들 중 한 명은 옳다. 그 믿음들 중 하나는 옳다. 그 말들 중 하나는 이긴다. 불가지론을 상징할지도 모르는 다크호스조차 늘 이기지는 않으며, 종종 정통을 대변하는, 우승이 뻔한 인기 있는 말이 이긴다. 민주주의는 이따금 승리를 쟁취하는 것이다. 그런데 심지어 우승 후보가 일등으로 들어왔다고 알려지기도 한다. 하지만 이 사실의 요지는, 무언가가 첫 번째로 들어온다는 것이다. 수많은 신념이 존재한다는 사실은, 기반이 탄탄한 하나의 신념이 존

재한다는 사실을 파괴하지 못한다. 나는 지구가 둥글다고 (순전히 권위자의 말을 근거로) 믿는다. 지구가 삼각형이라거나 직사각형이라고 믿는 종족이 있을지도 모른다는 점은, 지구는 분명 어떤 형태를 취하고 있기에 다른 형태를 취하고 있지 않다는 사실을 바꾸지 못한다. 그러므로 저주를 퍼부으며 되풀이하건대, 신념의 다양성 때문에 어떤 신념도 받아들이지 못한다고 하지 마라. 이는 어리석은 발언이다.

5) (누군가가 당신의 신조는 미쳤다고 하면, 미쳤을 가능성이 크긴 하지만,) 미친 사람은 소수파이며 제정신인 사람은 다수파인 것에 불과할 뿐이라고 대답하지 마라. 제정신인 사람이 제정신인 이유는 그들이 인류 대다수로 구성된 집합체이기 때문이다. 그런데 미친 사람들은 소수파도 아니다. 이유는 그들이 무리가 아니기 때문이다. 자신을 인간이라 생각하는 사람은 옆의 사람도 인간이라 생각한다. 그는 이웃을 자기 자신으로 간주한다. 하지만 자신을 닭이라고 생각하는 사람은 자신을 유리라고 생각하는 사람을 거들떠보려고도 하지 않는다. 자신을 예수 그리스도라고 생각하는 사람은 자신을 록펠러라고 생각하는 사람과 다투지 않는다. 그 둘이 만났다면 틀림없이 다퉜겠지만. 하지만 미친 사람들은 절대로 누구하고도 만나는 일이 없다. 만남은 그

들이 할 수 없는 유일한 것이다. 그들은 말할 수도 있고, 영감을 줄 수도 있고, 싸울 수도 있으며, 종교를 세울 수도 있다. 그러나 그들은 누구하고도 만날 수가 없다. 미치광이들은 결코 다수가 되지 못한다. 소수조차 결코 될 수 없다는 단순한 이유 때문이다. 미치광이 둘이 의견의 일치를 본 적이 있다면 그들은 세계를 정복했으리라.

6) 누구는 키가 큰데 누구는 작고, 누구는 똑똑한데 누구는 어리석다면서 인간이 평등하다는 개념은 부조리한 것이라고 하지 마라. 프랑스 혁명이 절정에 달했을 때 당통은 키가 크고 뮈라는 작다는 점이 주목을 끌었다.[5] 미국에서는 록펠러는 어리석으며 브라이언은 영리하다는 소리가 아주 떠들썩하게 널리 퍼져 있다. 인간 평등론의 원리는 다음과 같은 점에 기반을 두고 있다. 정말로 영리한 사람 중에서 자신이 어리석다는 점을 깨닫지 못한 사람은 없다는 것. 커다란 사람 중에서 자신을 작다고 느껴 보지 않은 이는 없다는 것. 어떤 자들은 한 번도 자신을 작다고 느껴 본 적이 없다. 하지만 이들이야말로 정말로 작은, 몇 안 되는 사람들이다.

7) 남자 원시인은 곤봉으로 여자를 때려눕혀 납치했다고 말하

5 당통은 거구로 유명했다. 뮈라(1767~1815)는 나폴레옹의 측근이었던 군인이고, 키는 180센티미터 이상이었다고 한다.

지 마라(제발 하지 마라). 도대체 왜 그래야만 하는가? 수컷 참새가 잔가지로 암컷 참새를 때려눕히나? 수컷 기린이 암컷 기린을 야자나무로 때려눕히나? 어째서 남자는 여자를 여자로 만들기 위해 늘 폭력을 써야만 하는가? 어째서 모든 창조물이 창조자이고 모든 짐승이 신인 곳에서, 여자가 암퇘지나 혹은 암컷 곰보다 못하게 진흙탕에서 구르면서 자신이 노예였음을 고백해야 하는가? 그런 허튼 소리는 하지 마라. 당신에게 간청한다. 그런 헛소리는 하지 말라고 애원한다. 전적으로 완전히 그런 말도 안 되는 소리는 집어치워라. 언젠가는 이런 대중적인 문제들을 제대로 논의하기 시작할지도 모른다. 그러나 나는 내 항의 리스트가 지나치게 길어질까 두렵다. 게다가 끝없이 길어질 수도 있다는 점을 알고 있다. 독자는 이 글의 장황함과 복잡함을 용서해 달라. 잠시 책을 쓰고 있다고 생각해 버렸다.

옮긴이 후기

체스터튼을 위한 변명

추리소설을 익히 접한 독자라면 브라운 신부님을 기억할지도 모르겠다. 늘 우산을 들고 다니는 왜소하고 온화한, 그리고 미스터리라면 사족을 못 쓰는 신부님 말이다. 그리고 브라운 신부를 기억하는 독자라면 그 창조자인 체스터튼이라는 이름 역시 기억하리라. 하지만 이 책을 읽을 때는 브라운 신부를 잊어도 좋다. 브라운 신부의 모습으로 미루어 그 창조자를 상상하는 독자에게 백구십 센티미터에 백삼십 킬로그램이 넘는 체스터튼의 외모는 그 자체로 이미 역설적일 테다. 기실, 체스터튼은 종종 '역설의 왕자'라 일컬어졌다고 한다. 타임 매거진은 그의 글쓰기 스타일을 이렇게 평한 바 있다. '체스터튼이 명언, 속담, 풍자를 이용해 어떤 주장을 밝힐 때는 항상, 먼저 세심하게 그 안팎을 뒤집어야 한다.' 이 에세이집은 그런 체스터튼의 안팎을 잘 뒤집어, 실로 다양한 주제를 넘나드는 그의 수백 편이 넘는 에세이 중에서 널리 알려진, 또는 옮긴이에게 어떤 감동이나 웃음, 생각거리를 안겨 주었던 글들을 골라내어 한 권으로 엮어낸 책이다.

다만 이 책을 읽기 전에 독자가 한 가지 사실을 인지해 주기 바란다. 체스터튼이 백여 년도 전의 작가라는 점 말이다. 이 책에 실린 글 중 가장 오래된 글은 무려 1901년에 출간된 책에 수록된 글이다. 아무리 앞서가는 지식인이었다 한들 당대의 지식인에게 오늘날과 똑같이 현대적인 사고와 가치관을 기대할 수는 없다. 당대의 사회와 오늘의 사회가 다르니까. 그러나 현대적인 '사고방식'은 기대할 수 있을 것이다. 이를테면, 체스터튼이 내세우는 논리는 매우 합리적이며 타당해서, 그가 전개하는 글의 흐름을 따라가다 보면 어느새 그의 논리에 고개를 끄덕이고 있는 자신을 깨닫게 된다. 어느 시대의 어떤 사고방식이건 그것이 적합한 논리를 바탕으로 한다면 우리는 그 사고방식을 구태라고 비난할 수 없으리라. 오히려 그 사고방식에서 시대를 관통하는 지혜를 발견하게 될 것이다.

자, 백여 년 전의 작가를 오늘날 다시 소개할 수 있는 이유는 바로 여기에 있다. 게다가 사실 굳이 변명 혹은 설명을 하지 않더라도 체스터튼의 관점은 여전히 생생하게 통용될 법하다. 이를테면, 어느 누구도 체스터튼의 이런 발언이 시대에 어긋났다고 자신 있게 지적하지 못할 테다.

> 현대 사회는 보수와 진보로 나뉘어 있다. 진보주의자의 일은 오류를 저지르는 것이다. 보수주의자의 일은 오류가 수정되지 못하게 막는 것이다.[1]

무엇보다, 이 오래전 죽어 땅에 묻힌 위대하고 거대한 작가의 글을 오늘날 이렇게 되새길 수 있는 이유는 팔 할이 그의 유머 때문이다. 정면에서 날리는 한 방의 유머가 아니라 측면에서 자잘하게 후려치는 잽 같은 유머 말이다. 그의 논리가, 동조할 수 없다 해도 여전히 통하는 이유는 바로 그의 재치 넘치는 화법 때문이다. 그의 화법은 지지자들에겐 지혜로운 경구요, 반대자들에겐 받아치기 힘든 농담이다. 일일이 받아치다가는 받아치는 쪽이 옹졸해 보일지도 모르니까.

사실, 체스터튼은 「에세이에 대하여On Essays」라는 글에서 에세이를 악이라 규정한 바 있다. 에세이는 무책임한 듯 오인을 낳는

1 「우리 정당들의 실수(The Blunders of Our Parties)」, 《일러스트레이티드 런던 뉴스》, 1924.4.19.

태도로 '무장 해제된 듯 보임으로써 상대방을 무장 해제시킨다.' 그러나 체스터튼은 그 자신 에세이스트로서 에세이 자체를 좋아한다고 말한다. '문제는 에세이스트가 그저 윤리적인 철학자들이 되어가는 것이다.' 체스터튼이 말하는 에세이의 본질은 느긋함과 정처 없는 소요逍遙이다. 어떤 설교나 교훈, 읽는 이를 어떤 방향으로 이끌려는 목적 등이 끼어들면 에세이는 그 본질을 잃고 만다. 그러니 체스터튼의 글에는 어떤 계도적인 의도도 없다. 분명 어떤 주장이 담겨 있지만 그 주장을 농담으로 받아들일지 진실로 받아들일지, 지혜로 볼지 독설로 볼지 판단하는 것은 어디까지나 독자의 몫이다.

재미있게도, 체스터튼은 말 그대로 종종 자신이 어디 있는지를 잊거나 목적지를 기억하지 못했다고도 한다. 혹자는 체스터튼이 몸의 움직임이나 기억 등에 불편을 겪는 발달성 협응 장애였던 것으로 추정하기도 한다. 어쩌면 그는 자신의 글 쓰는 스타일과 상당히 일치하는 삶을 살았다고도 할 수 있겠다. 어찌됐든 그의 에세이는 그런 에두름을 감수하며 읽을 가치가 충분하다. 오히려 그렇게, 짧은 길을 멀리 돌아가는 점이야말로 체스터튼 에세이의 진정한 매력이다. 그러니 이 책을 읽는 독자께서는 이렇게 상상해 주시라. 독자 자신이 백 년 전에 무너진 어느 옛 성터를 거닐고 있다고. 무너진 돌담에 걸터앉기도 하고 바닥을 기어가는 개미의 다리수를 세기도 하면서 목적 없이 유유하게 산

책 중이라고. 그런 독자의 걸음이 저자의 느긋한 걸음과 맞아 떨어지는 그 순간, 여러분은 이 책에 수록된 에세이들에서 즐거움과 감동을 느끼게 되리라 장담한다.

2014년 12월, 엮고 옮긴이 안현주

못생긴 것들에 대한 옹호
초판 1쇄 발행 2015년 4월 17일

지은이 G. K. 체스터튼
옮긴이 안현주

발행편집인 김홍민 · 최내현
책임편집 유온누리
편집 안현아
마케팅 홍용준
표지디자인 형태와내용사이
용지 한신페이퍼
출력 블루엔
인쇄 청아문화사
제본 대신문화사

펴낸곳 도서출판 북스피어
출판등록 2005년 6월 18일 제105-90-91700호
주소 (121-826) 서울특별시 마포구 방울내로 11길 43 101-902
전화 02) 518-0427
팩스 02) 701-0428
홈페이지 www.booksfear.com
전자우편 editor@booksfear.com

ISBN 978-89-98791-36-0 (03840)

책값은 뒤표지에 있습니다.
파본은 구입하신 곳에서 교환해 드립니다.